小型オンリーテイマーの辺境開拓スローライフ

小さいからって何もできないわけじゃない！

Ryuto Watari
著 渡琉兎

イラスト しば

レオ
リドルが最初に出会った
子犬の魔獣。
添い寝が大好きな甘えん坊だが、
凶悪魔獣も楽に倒しちゃう！
ルナ
リドルが二番目に出会った
子猫の魔獣。
花を愛するきれい好きな女の子。
炎魔法が超得意。
リドル
本作の主人公。
小型魔獣しかテイムできない
スキル「小型オンリーテイム」を
授かったせいで辺境領に追放される。
優しい性格で、
従魔たちとは超仲良し。
Characters
登場人物紹介

ティナ
辺境領で暮らす、
元気いっぱいな少女。
リドルの従魔ともすぐ友達に。
ルッツ
世界各地を旅する
流れの商人。商魂たくましく、
ビジネスチャンスは逃さない。
グース
どんなに硬い土地でも
一瞬で耕すことができる
職人モグラ。
ミニゴレ
鉱石ボディの小さいゴーレム。
力持ちで、仲間との
連携もばっちり。

◆◇◆◇第一章：リドル・ブリード◇◆◇◆

「……リ、リドル・ブリードが授かったスキルは……こ、小型オンリーテイム、です」

神父はとても言い難《にく》そうに、俺が授かったスキル名を口にした。

「な、なんだとおおおおっ！　貴様、それは本当なのか！」

「ほ、本当です！　神に誓《ちか》いまして、嘘《うそ》ではございません！」

神父に掴《つか》み掛かったのは俺の父親であり、ブリード家当主でもあるビルズ・ブリードだ。

父さんは神父の答えを聞いた直後、彼の胸ぐらを掴んでいた手を離すと、鋭い視線をこちらに向ける。

「……小型オンリーなど、全く使えんではないか！」

父さんはそう吐《は》き捨《す》てると、そのまま教会を出ていってしまった。

「……はぁ。俺、これからどうなるんだ？」

呟《せ》き込む神父と共に取り残された俺は、そんなことを考えてしまうのだった。

◆◇◆◇

この世界では、一〇歳になると誰もが神から『スキル』と呼ばれる特定の能力を授かる。

そんな世界で俺、リドル・ブリードは、貴族家であるブリード家の嫡男《ちゃくなん》として生まれた。

ブリード家はテイマーの一族であり、一族の者が授かるスキルは、テイム系のものがほとんどだ。

テイムとは、本来なら人間の天敵《てんてき》となっている魔獣《まじゅう》を従魔《じゅうま》として使役し、自由自在に操《あやつ》ることで、ブリード家はテイムスキル一つで成り上がった貴族家でもある。

この世界では授かったスキルを活《い》かして生活することが当然とされており、他人の持つスキルはなんであれ尊重《そんちょう》するべきだと言われていた……はずなのだが、時間の流れが人間の考え方を変えてしまった。

他人の授かったスキルを尊重するという考え方は過去のものとなり、今ではスキルの有用さで人の価値の全てを判断する者が大多数になっている。

テイム系のスキルも例外ではなく、大型の魔獣をテイムできる者がよしとされており、小型の魔獣をテイムするのは悪だと断言までされる時代になってしまった。

それは大型魔獣は力が強く有用で、小型魔獣は弱く使い物にならない、という思想が時代を積み重ねるにつれて人々に刷《す》り込まれていったからである。

だからこそ父さんは、小型オンリーテイムという、小型魔獣しかテイムできない俺のスキルを聞いて苛立《いらだ》ち、神父に掴み掛かったのだ。

……まあ、これが弱いスキルを授かった俺を心配しての行動なら嬉《うれ》しかったんだけど、そうじゃないんだよなぁ。

「我がブリード家に小型オンリーだと？　ふざけるな！」

家に帰ってきた俺が最初に見たのは、荒《あ》れに荒れている父さんの姿だった。

そう、父さんは俺のために怒っていたのではなく、ブリード家に汚点《おてん》が生まれたことを怒っていたのだ。

「貴様が、あんな役立たずな小型の魔獣を連れてくるなどするから、こんなことになったのだ！」

そう言い放った父さんは、リビングを荒らすだけ荒らしたあと、そのまま自室へ引っ込んでしまった。

「……あいつらは、役立たずじゃない」

今の俺には誰もいなくなったリビングでそう呟《つぶや》くことしかできず、仕方なく自室へ戻っていく。

「ガウガウ！」

「ミーミー！」

「ただいま。レオ、ルナ」

出迎えてくれたのは、スキルを授かる前から一緒に暮らしていた小型魔獣のレオとルナである。

レオは犬にそっくりな魔獣で、鮮《あざ》やかな青い毛並みが特徴的だ。とても甘えん坊かつやんちゃな男の子である。

ルナは猫にそっくりな魔獣で、燃えるような赤い毛並みが特徴的で、性格は花を愛するきれい好き、自由奔放《じゆうほんぽう》な女の子だ。

「本当にお前たちは可愛いな～。前の世界にいたレオとルナも、同じくらい可愛かったんだぞ～」

俺が「犬」やら「猫」やら、さらに言えば「この世界」や「前の世界」と表現しているのには理由がある。

「お前たちだけが、俺の心の支えだよ。異世界に転生とか、本当に大変だもんな」

そう、俺はこの世界に転生した、もと日本人なのだ。

もとは六井吾郎《むついごろう》という名前でサラリーマンをしていたのだが、残業中に突如視界が暗くなり、気づいた時にはリドル・ブリードに転生していた。

ちなみにレオとルナという名前は、前世の俺が飼っていた犬と猫の名前である。

「こんなに可愛くて、癒《い》やしを与えてくれるお前たちが、役立たずなわけないんだけどなー」

「キャウ～！」

「ニィ～！」

俺はレオとルナの美しい毛並みを撫でながら、これからのことを考えていく。

「俺はきっと次期当主候補から外されるだろうし、どうせなら小型魔獣が愛される場所で、ゆっくりと暮らしたいもんだよなぁ」

俺は『小型従魔は役立たず』という考え方に納得していない。

だがブリード家の人々だけでなく、ここの領民たちも同じような思想を持っている。

だからだろう、俺がレオとルナを散歩に連れ歩いていると、遠目からでも気づくくらいの、嫌悪感を含んだ視線が突《つ》き刺《さ》さってくるほどだ。

故《ゆえ》に、小型従魔が愛されるような楽園があったなら、ブリード家を捨ててでも飛び出していきたいという考えを持っている。

「追放もののラノベとか結構あったけど、俺もそういう展開にならないかな。なあ、レオ、ルナ？」

俺はそんな願いを口にしながらレオとルナを撫でまわし、二匹に癒やされながら、いい身の振り方が見つかるまで、しばらくはこのままの生活を維持しようと考えた。

◆◇◆◇

俺が小型オンリーテイムを授かってから——二年後。

弟のアヴィドがスキルを授かることになった。

父さんは俺が小型オンリーテイムを授かって以降、アヴィドに多大な期待を寄せてきた。

効果があるかは分からないが、アヴィドには小型の魔獣に触れさせず、常に父さんがテイムしている中型や大型の魔獣にだけ触れさせていたほどだ。

俺も一緒に教会へ行きたかったが、当然というかなんというか、拒否されてしまった。

さて、アヴィドはどんなスキルを授かることやら。

「——よくやったぞ、アヴィド！」

「――ありがとうございます、父上！」

すると、窓の外から父さんとアヴィドの声が聞こえてきた。

二人の喜びの声を聞くに、どうやらアヴィドは父さんが納得できるスキルを授かったようだ。

屋敷の扉が開く音が聞こえてからしばらくして、俺の部屋の扉が乱暴に開かれた。

「……と、父さん？　それに、アヴィドも？　いったいどうしたんで――」

「リドルよ！　本日をもって貴様を次期当主候補から外す！　そして、次男のアヴィドを次期当主として正式に任命する！」

……それを言うために、帰ってきて早々に部屋へ来たのかよ、この父と弟は。

「ごめんね、兄さん。でも、悪く思わないでほしいんだ。俺の授かったスキルが上級テイムだったんだから、仕方がないだろう？」

父さんも父さんだけど、アヴィドもアヴィドだな。

ニヤニヤしながらの発言からするに、絶対に悪いとは思っていないだろう。

しかし、上級テイムときたか。

テイム系のスキルの中でも、上級テイムは名前の通り上位に位置する優秀なスキルだ。

テイムできる魔獣の数が多く、中型や大型の魔獣もテイムしやすいと言われている。

さらに言えば、父さんが同じ上級テイムを授かっているので、それもまたアヴィドを褒《ほ》め称《たた》えている理由の一つなのだろう。

俺は内心面倒に思いながらも答える。

「もちろん従いいます、父さん」

「あぁ、それとだな。貴様はどうせこの屋敷に置いていても役に立たんだろう？　故に、心の広い私から、せめてもの情けを贈《おく》ってやろうと思う」

……なんだろう。アヴィドがずっとニヤニヤしているし、嫌な予感しかしないんだが？

「貴様には我がブリード家の領地にある未開地部分を分け与える！　そこへ赴《おもむ》き、自らの領地として開拓《かいたく》し、治めるのだ！　がははははっ！」

……はい？　俺が領主となり、未開地の開拓をするだって？

俺は突然の展開を前に、願っていた追放が起きているのだと気づくことができなかった。

◆◇◆◇

——俺が最初に出会ったのは、レオだった。

六歳の頃、父さんと一緒に他領へ出掛けている途中、怪我《けが》をしたレオを見つけたのがきっかけだ。

レオの見た目は完全に子犬だったので、魔獣だとは思わなかった。周りには誰もおらず、俺はどうしたらいいのか分からなかったけど、怪我をしているのは見過ごせなかった。

俺はすぐに自分の服を少し破り、傷口に包帯代わりとして巻いた。

これがレオにとってよかったのかどうかなんて分からない。ただ、何もしないという選択ができなかっただけだ。

しかし、この行動がきっかけになったのか、レオは俺に懐《なつ》き、ついてきて離れなかった。

当然、父さんは激怒した。

こんな小型の魔獣に情けを掛けるなど何事だと言って、その場でレオを殺そうとしたくらいだ。

あの時に俺が身を挺《てい》してレオを守っていなかったら、本当に殺していただろうな。

俺は父さんをなんとかなだめ、レオを連れ帰った。

そして一緒に暮らす許可をもらった。

レオは当時から甘えん坊で、俺がベッドで寝ようとすると毎回のように潜り込んできていた。

俺もレオの温もりを感じながらの方がぐっすり眠ることができたし、この頃から感じていた父さんに対する恐怖を忘れることもできた。

今思えば、レオが俺を気遣ってくれていたのかもしれない。

◆◇◆◇

それから一年後に、ルナと出会った。

ルナはまさかのまさか、ブリード家の屋敷の庭へ迷い込んできたのだ。

レオと暮らし始めてからというもの、俺はブリード家の使用人たちからも煙《けむ》たがられる存在になっていた。

この時も庭で遊んでいたらささささーっと使用人が近くからいなくなっており、周囲には俺とレオ以外誰もいなかった。

だから、ルナが庭に迷い込んできたことに気づいたのは俺とレオだけだった。

周囲に人もいなかったので、俺は普通にルナに接した。

ルナは最初こそ庭の花壇《かだん》をジーっと見つめていたのだが、徐々にこちらの方に目を向けるようになり、気づけば俺やレオと一緒になって遊んでいた。

するとどうだ、これまたルナも俺に懐いてきて、離れなくなったのである。

その後の父さんの反応は、想像に難《かた》くない。

激怒である。

俺はこの時も懸命にルナを庇《かば》い、結果、ルナとも一緒に暮らすようになった。

ちなみにそれからは花が好きなルナのために、部屋に花を飾るようになり、気づけば俺も花好きになっていた。

ブリード家を追放されてからも花との触れ合いは大事にしたいと思う。

◆◇◆◇

これが、俺とレオやルナとの出会いだ。

父さんに激怒されたとはいえ、俺はレオとルナと出会ったことに後悔はなかった。

こんなにも可愛い二匹の主《あるじ》になれたことを誇りにすら思っている。

だからだろう、小型魔獣を蔑《ないがし》ろにするこの領地から追放されると言われ、そのことを自覚できた時は、心の底から喜んだのだった。

◆◇◆◇

そして今――俺はブリード家を飛び出そうと……もとい、追放されようとしている。

向かう先は俺が分け与えられた、俺の領地なのだが、そこは完全なる未開地らしい。

未開地……いったいどんなところなんだろうか。

森なのか、荒野なのか、はたまた山なのか。

情報を得ようにも、家の者は俺の話を誰も聞いてはくれない。

正直、不安はある。だけれどそれ以上に期待の方が大きい。

「俺の自由にできる領地だなんて、ワクワクするよな！　レオ、ルナ！」

「ガウ！」

「ミー！」

俺の足元にはレオとルナが左右に並び立っている。

……うん、最高の癒しだ。二匹がいるだけで、俺は頑張れるな！

「それじゃあ、行こう！」

見送りは誰もいない。

だが、俺はそれでいいと思っている。

なんせ追放されるということは、ブリードという家とは無関係の人間になるんだからな。

小型魔獣だって、役に立つんだ。それを俺は、自分の領地で証明してみせる！

◆◇◆◇第二章：小型オンリーテイマー◇◆◇◆

……さて、周りからの視線が痛いなぁ～。

散歩の時にも感じていた嫌悪《けんお》や侮辱《ぶじょく》の視線を、今はよりはっきりと感じてしまう。

もしかすると、俺がブリード家を追放されたことが既《すで》に知れ渡っているのかもしれない。

となるとそれを広めたのは、おそらくだが父さんだろう。

まあ、こうなることは予想していたから俺は我慢できるけど、レオとルナには申し訳ない。

「乗合馬車《のりあいばしゃ》があるところまで我慢な。レオ、ルナ」

「……ガウ」

「……ミィ」

二匹に声を掛けながらしばらく街の中を歩き続け、俺はようやく乗合馬車の停留所《ていりゅうじょ》に到着した。

「すみませーん」

「はいはい、いらっしゃいませ！　本日はどちらまで……ぷっ」

おいおい、客の顔を見て「ぷっ」はないだろうよ。

「聞きましたよ。あんた、北の未開地に飛ばされたんですってね」

ニヤニヤしながらそう口にした乗合馬車の管理人に、俺は営業スマイルを貼り付けながら問い掛ける。

「そうなんですよ。なので北に行く乗合馬車を探しているんです」

「あるにはあるんですがねぇ……人が集まらんことには、馬車は出せないんですよ」

この街から北には小さな村が点々と存在している。

それらの村からこっちへ来る人はいるが、その逆、街から村へ向かう者は多くはなかった。

村から来る人のほとんどは出稼ぎ目的で、そのまま街に移り住む者が多いからだ。

「人が集まれば出せるんですがねぇ、こっちも商売なもんでねぇ」

……こいつ、俺のことをいじって楽しんでやがるな。

しかし、乗合馬車が出ないとなると正直、マズい。

北の領地まで結構な距離があり、徒歩だとおそらくだが一〇日くらいは掛かるだろう。

それだけの物資を持って徒歩での移動なんて、自殺行為だ。

「おや？　あなた、北に行きたいのですか？」

そこへ一人の男性が現れ、俺に声を掛けてきた。

「そうなんですが、あなたは？」

「あぁ、失礼いたしました。私は流れの商人をしております、ルッツと申します。実は私も北の方へ行きたいと思っておりました」

「あぁん？　あんた、本気で言っているのか？」

管理人が面倒くさそうに商人の男性、ルッツさんへ問い掛けた。

どうやらこの管理人、北への乗合馬車を出したくないみたいだな。

「もちろん、本気ですとも」

「だが、たったの二人じゃあ馬車は出せねぇぞ？」

「そうでしょうとも。ですが……こちら、受け取っていただけませんか？」

ルッツさんが乗合馬車の男性に小声で話し掛けながら、小さな袋の中身を見せている。

……あれ、絶対にお金だよな。

「……いいんですかい？」

「ええ、もちろんです。馬車を出してくれれば、ですけどね？」

ニコリと笑ったルッツさんから小袋を受け取った管理人は、その中身を数え終わると、満面の笑みを浮かべた。

「ありがとうございます！　ではでは、御者《ぎょしゃ》を呼んでまいりますので少々お待ちを！　お前も代金さえ払えば乗ってもいいぞ！」

管理人はそう言って俺に視線を向けた。

俺は彼に運賃《うんちん》を支払うと、すぐにルッツさんへ声を掛ける。

「あの、ありがとうございました」

「いえいえ、私も北に行きたいと思っておりましたからね」

ニコニコと笑ったままのルッツさんを見て、俺は疑問に思っていることを聞いてみる。

「あの、ルッツさん。俺はここから北にある未開地の領主に任命された、リドル・ブリードです」

「なんと、あなたが噂《うわさ》のリドル様でしたか」

「ここから北はかなりの田舎で、正直、商人のあなたが行って、儲けられそうなものはないと思います。それでも行かれるんですか？」

俺にとっては乗合馬車が出てくれるのでありがたいことだが、ルッツさんに損はしてほしくない。

それにルッツさんのおかげで馬車が出るのだから、北の村について、俺が知っていることは伝えておいた方がいいだろう。

しかし、ルッツさんは微笑みながら答える。

「もちろん、行きますよ。ここから北の方角を、私のスキルが示していますからね」

「……スキルが？」

「お待たせいたしました！　ささ、出発いたしますよ！」

ここで管理人が、少しやせこけた男性と共に戻ってきた。

やせこけた男性は御者台に座り、俺とレオとルナ、ルッツさんは荷台へ乗り込む。

「それではいってらっしゃいませ！」

右手にお金の入った小袋を握ったままの管理人に見送られ、俺はようやく未開地へと出発することができた。

出発はできた乗合馬車だが、本来であれば最低でも五人は客がいないと出すことはできないとされている。

ルッツさんはどれだけのお金を乗合馬車の管理人に渡したのだろうか。

俺は気になって、再度ルッツさんに尋ねる。

「あの、何度も聞いてしまって失礼かもしれないんですが、本当に北へ行かれるのですか？」

「もちろん。だから乗合馬車に乗っているんですよ」

それなりのお金を渡してまで北に行きたいだなんて、いったい何があるというのだろうか。

首を傾げていると、ルッツさんが続ける。

「私のスキル、放浪《ほうろう》の導《みちび》き、と言うんですがね？　これが北を目指せと私に囁《ささや》いているのですよ」

「放浪の導き？」

スキルって、なんかいろいろとあるんだな。

俺はブリード家にいたから、テイム系以外のスキルをあまり知らないのだ。まぁテイム系のスキルについても父さんはほとんど教えてくれなかったけど。

それはともかく、テイム系のスキル以外だと、前世のイメージでは、剣や魔法とか、あとは職人系のスキルなんかはありそうだが。

ただ……なんていうか、ルッツさんのはスキル名から能力が想像し難いな。

すると、ルッツさんが俺の顔を見て笑う。

「あはは！　まあ、そんな顔にもなってしまいますよね」

「え？　あ、すみません！　変な顔になってましたか？」

「私のスキルについて考えていらっしゃったと思いますが、難しそうな顔になっていたもので」

うぅぅ、マジで失礼な態度を取っちゃったな。

「お気になさらず。私のスキルを簡単に説明しますと、スキルが示した場所へ向かうといいことが起きやすくなる、というものなのです」

「起きやすくなるって、確定じゃないんですか？」

「えぇ。まあ、世の中に絶対はあり得ない、ということだと思います」

そんな曖昧なスキルでいいのかと思ってしまったが、絶対はないというのは納得できる話だ。

「スキルの示した場所に行くべきか、行かないべきか。それは私の選択次第なのですが、今回は行くべきだと判断しただけのことです」

「どうしてその判断に至ったんですか？」

「ん～……そこはまあ、商人としての勘《かん》、ですかね」

ニコリと笑いながら「勘」と言われてしまっては、これ以上深く聞いても仕方ないと思い、話題を変えることにした。

「ルッツさんのスキルばかり聞いては申し訳ないので、俺のも教えますね。とはいっても、落胆《らくたん》されるだけかもしれませんが」

「そんなことはありませんよ。噂には聞いていています、小型オンリーテイム、ですよね？」

俺の噂って、どんなものが流れているんだろうか。

まあ、絶対にいい噂じゃないことは分かっているんだけど。

俺は内心ため息を吐《つ》きながら頷く。

「そうです。ここにいるレオとルナは、俺の従魔なんですよ」

「ガウ！」

「ミー！」

「だと思いました。とても可愛らしい従魔ではないですか」

ルッツさんはそう口にすると、レオとルナを優しく撫でてくれた。

「ルッツさんは、小型の従魔が役に立たないとは思わないんですか？」

「役に立つか、立たないかは、その時々で変わることだと思っています」

「その時々で？」

それはそうなのだが、この世界でそういう風に考える人は珍しいと思ってしまう。

「はい。大きな荷物を運びたい時は大型の従魔が必要でしょうけど、小さな隙間《すきま》に入りたい時などは、小さな従魔でないと無理でしょう？」

「それはまあ、そうですね」

「なので、小型だから役に立たないとは、どうしても思えないのです」

ルッツさんの考え方は、やはりこの世界では珍しいのだろう。

その証拠に、御者席の方から声が聞こえてきた。

「……んなわけあるか」

「おや？　あなたは小型従魔が役に立たないと思っているのですか？」

「当然だ。小型従魔なんて、なんの役にも立ちやしねぇ。今だって俺は、魔獣に襲われないかって冷や冷やしてるんだぞ？」

そういえば、ほとんどの場合、乗合馬車には護衛をつける。

その護衛は人の場合もあれば、従魔の場合だってある。

しかし、俺たちの乗合馬車には誰もいやしない。

馬車を引いているのも普通の馬だし……あれ？　これってもしかして、あの管理人にぼったくられたか？

「まあまあ、いいではないですか。道中の村で護衛を雇えば――」

『ブルオオオオッ！』

ルッツさんが答えていると、前方から何かの鳴き声が聞こえてきた。

「ひいいいいっ！　くそっ、やっぱり出やがった！　魔獣だ、くそったれが！」

「おやおや、困りましたね」

大慌ての御者とは違い、ルッツさんは何故か落ち着いた口調で話している。

ってかさ、この状況、俺もヤバくないか？　いや、ヤバいよね！

「ど、どどどど、どうしましょう、ルッツさん⁉」

「どうしましょうと言われましても……まあ、どうにかなるんじゃないですか？」

「どうにかなるわけないだろうが！　くそっ、俺は逃げるぞ！　逃げるからな！」

「あぁっ！　ちょっと⁉」

御者の男性は御者台から飛び降りると、進んできた道を一目散に走り去ってしまった。

「おやおや、困りましたねぇ」

「本当に困っているんですか、ルッツさん⁉」

俺はルッツさんの両肩に手を置いて前後へ振り回しながら問い掛ける。

『ブルオオオオッ！』

「き、来たあああっ⁉」

魔獣の鳴き声が段々と近づいてきて、ついには視界に捉えられるほどの距離まで迫ってきていた。

猪《いのしし》に似た巨大な魔獣が、こちらに突っ込んでくる！

「ガルアッ！」

「シャアッ！」

「えっ？　あ、おい！　レオ！　ルナ！」

すると突然、レオとルナが荷台を飛び出すと、馬車の前に躍《おど》り出《で》た。

そこは魔獣が突っ込んでくるだろう場所でもある。

「危ないって！　レオ！　ルナ！」

「なんとまあ、主思いの従魔ですね」

「そんな冷静に言っている場合ですか！」

マズい、マズいマズい、マジでマズいって！　このままじゃ、レオとルナが殺されてしまう！

『ブルオオオオッ！』

興奮した鳴き声を響かせながら、魔獣が一直線に突っ込んでくる。

俺は荷台から飛び降り、二匹に駆け寄る。

「逃げろ！　レオ！　ルナ！」

「ガルアアアアッ！」

「シャアアアアッ！」

――キンッ！

「うわあああ……あ、あれ？」

魔獣がレオとルナにぶつかると思った瞬間、二匹の姿が一瞬ぶれたように見えた。

そして直後、一直線に突っ込んできていた魔獣の動きがゆっくりになり、馬車の目の前で横に倒れてしまったではないか。

「……え？　いったい、何が起きたんだ？」

「ガウガウ！」

「ミーミー！」

魔獣のもとまで近づいた俺の呟きに反応するように、レオとルナが嬉しそうに鳴いた。

「……まさか、お前たちがやったのか？」

「ガウ！」

「ミー！」

するとルッツさんが近づいてきて、感心したように口を開く。

「なんとまあ！　頼りになる従魔ではないですか！」

「………えっと、マジか、これ？」

完全に予想外な出来事に、俺はしばらく頭の中が真っ白になってしまっていた。

だがよく考えてみれば、レオやルナと一緒に狩りに行ったことはない。

見た目が可愛いから勘違いしていたけど、レオもルナも実は強かった……ってことか？

「……リドル様？」

「え？　あ、はい！」

俺が思考を巡らせていると、そこへルッツさんが声を掛けてきた。

「この魔獣の死体、いかがなさいますか？」

「魔獣ですか？　……いかがするも何も、処分するしか――」

「でしたら私に譲《ゆず》っていただけないでしょうか！」

「どわあっ⁉」

ルッツさんが急に大声を出したので、俺は驚きの声を上げてしまった。

「おっと、失礼いたしました」

「……い、いえ」

「実は私、流れの商人をするにあたり、『魔《ま》法鞄《ほうかばん》』を所持しておりまして」

「魔法鞄ですか？」

聞いたことがある。

なんでも、見た目以上にものが入り、しかも中は時間が流れない、文字通り魔法の鞄なんだとか。

確か、ブリード家にも一つだけあったと思うけど……あれ、めちゃくちゃ高価なものじゃなかったっけ？

俺は不思議に思いながらルッツさんに尋ねる。

「構いませんけど、これが入るんですか？」

「はい！」

「結構大きいですよ？」

「問題ありません！」

「……そ、そういうことでしたら、どうぞ」

「ありがとうございます‼」

……め、目と鼻の先で喜ばないでくれると、ありがたいかな、うん。

「それではこちらが、お譲りいただくにあたっての料金になります」

するとルッツさんはいきなり、じゃらじゃらと音が鳴る小袋を取り出して俺に押し付けてきた。

「えぇっ⁉　いや、いらないですって‼」

「何を仰いますか。商人として、適正価格で購入するのが当然です」

「こ、この魔獣にそれだけの価値があるんですか？」

「あります！　それに私は命を助けていただいた身でもありますし、少し色を付けさせてもらっていますけどね」

う、うーん。これ、本当にもらってしまっていいいんだろうか。

とはいえ、先立つものがあると助かるのも事実だし……。

「……そ、それじゃあ、ありがたくいただきます」

「そうしてくれると、私としても助かります」

満面の笑みを浮かべながらそう口にしたルッツさんは、腰に提《さ》げていた一〇センチほどの小さな鞄を開き、鞄の口を魔獣へ近づけた。すると――

「えぇっ!?　……い、一瞬で、消えた？　もしかして、鞄の中に入ったんですか？」

俺の身長の倍以上の大きさはあった魔獣が、一瞬にして消えてしまったのだ。

「その通りです。先ほどの魔獣はホーンブルと言いまして、毛皮もそこその値段で売れるのですが、それ以上にお肉がとても美味なのです。なので、確保できる時には可能な限り確保させていただきたいと思っております」

ホーンブル……確か、ブリードの屋敷でも出されたことはあったっけ。

まあ、俺が食べたのはレオにルナと暮らす以前のことだったから、六年以上前の話になるけど。

「それにしても……レオにルナでしたか？　この子たちはとても強いのですね！　小型だからと侮《あなど》ってはいけない。やはりそうではないですか！」

「そうだ！　レオにルナ、お前たちって、こんなに強かったんだな」

ルッツさんの言葉で俺はハッとなり、すぐにレオとルナへ振り返る。

二匹は既に俺の足元へやってきており、顔をこすりつけてくれていた。

「……なんだよ。こんなに可愛くて強いとか、インチキじゃないか？」

「ガウ？」

「ミー？」

「……いいや、そうだよな。なんてったって、俺の従魔だもんな！」

レオとルナの主である俺が、二匹を信じてやらないでどうするんだ。

そうさ。二匹は可愛くて、強くて、最強の従魔なんだ！

「……リドル様は、レオとルナが何を話しているのかを理解されているのですか？」

するとここで、ルッツさんから当たり前のことを質問された。

「そうですよ？」

「……はは。これは驚きましたね」

「……え？　どういうことですか？　テイマーなら当然、従魔の話を理解できますよね？」

俺はそれが当たり前だと思っていたのだが、もしかしてそうじゃないのか？

でも、父さんは確かに従魔とやり取りをしていたように記憶しているんだけど。

俺が考えていると、ルッツさんが説明してくれる。

「テイマーにも色々ありまして、従魔の言葉を理解できる者、できない者がおります。とはいえ、できる者でも従魔の気持ちがなんとなく分かる程度が多いと、私は伺っております」

「なんとなくって、それじゃあ従魔たちの意思をきちんと理解できないじゃないですか」

「そうなのです。ですから、明確に意思の疎通《そつう》ができる者は重宝されるのです」

そういうことであれば、上級テイムを授かっている父さんとアヴィドは、きちんと従魔と話ができて当然か。小型オンリーテイムの俺ですらできるんだからな。

「やっぱり上級テイムは貴重なスキル、ということか……」

「それはまあ、そうなのですが……いえ、今のリドル様にはどうでもいいことでしたね」

ん？　それはいったいどういうことだろう？

「それより、これなら護衛役はレオとルナで問題はなさそうですね」

ここでルッツさんは話題を変えて、これからのことを口にした。

「確かにそうですね。とはいえ……御者の人、逃げちゃったんだよなぁ」

俺は周囲を見渡してみたが、御者の男性の姿は影も形もなくなっている。

きちんと育てられていたのか、御者の男性とは違い、馬は逃げずにその場に残ってくれている。

まあ、手綱《たづな》で馬車と繋がっているから、逃げるに逃げられなかっただけかもしれないけど、なんであれ馬がいるのはありがたい。

だけど、俺は馬車を操ったことなどなく、どうしたらいいのかさっぱり分からない。

「ふむ……でしたら、私が御者を務めましょうかね」

「えぇっ!?　ルッツさんって、馬車も操れるんですか？」

「過去に数回だけですが、操ったことがあるのですよ」

すごいな、ルッツさん。この人がいなかったら、俺はここで詰んでいただろう。

俺も負けてられないな。

「護衛は任せてください！　それに、レオとルナが狩った魔獣も、お譲りしますので！」

「適正価格で買い取り、ですからね？」

「あー……それじゃあ、御者をしていただく分の金額は引いてくださいね？」

「ふふ、そうきましたか。それでは、それでお願いいたします」

こうして俺たちは、二人と二匹になってしまいながらも旅路《たびじ》を進んでいった。

◆◇◆◇

北へ進み始めてから三日が経過した。

その間、小さな村へ何度か立ち寄り、必要な物資を買い足した。

ルッツさんは道中で狩った魔獣を売ったり、解体を依頼したりと、商人としての仕事にも勤《いそ》しんでいた。

「そろそろ北の未開地、リドル様の領地に到着いたしますよ」

荷台でレオとルナを撫でまわしていると、御者台からルッツさんの声が聞こえてきた。

俺は荷台の窓を開いて前を向くと、そこに広がっていたのは――

「……すごい。なんて広大で、緑豊かな森なんだ！」

未開地と聞くだけだと、何もない荒野《こうや》のような、誰も生活できないような場所なのかと勝手に想像していたのだが、そうではなかった。

青々とした森がどこまでも広がっており、木々のおかげか、空気がとても澄んでいるように感じられる。

どうしてここが未開地のままなのか、今の俺には正直なところ分からない。

だけど、ここが俺の領地になるのだというのであれば、少しだけ……本当にすこーしだけ、父さんに感謝してもいいかもしれない。

「リドル様はどうしてここが未開地なのかはご存じですか？」

「いいや、分かりません。ルッツさんは知っているんですか？」

今まさに俺が思っていた疑問を口にしてきたので、すぐに問い返してみた。

「こちらの森は別名、魔《ま》の森《もり》と呼ばれておりましてね。他の場所に比べて強い魔獣が生息していると言われているのですよ」

「……強い魔獣、ですか？」

それを聞くと、確かに未開地であるのは納得できる。

おそらく、父さんが使役している従魔や、ブリード家の兵士たちでは歯が立たないから、開拓も諦めているということだろう。

……そんな場所に俺を送り出したのかよ、あの父さんは！

「それと領地についてですが、もしも分け与えた相手がどんな事情があれ亡くなってしまった場合、その領地はもとの持ち主へ自動的に返還されるようですよ」

「……それってつまり、父さんは俺がここで死ぬと思っている、ってことですか？」

「それは分かりませんが、そういう法律がある、ということは覚えておいて損はないかと」

……あんの野郎！　何が父さんだ！　あんな奴、クソ親父で十分だな、クソ親父め！

「きゃあああああああっ!!」

すると突然、森の奥から女性の悲鳴が聞こえてきた。

「行きましょう、ルッツさん！」

「い、行くのですか!?」

俺がルッツさんに声を掛けると、彼は少しばかり驚いた声を上げた。

「もちろんです！」

「わ、分かりました！　急ぎますので、舌を噛《か》まないでくださいね！」

そう宣言したルッツさんが馬を走らせると、荷台が大きく上下に揺《ゆ》れた。

俺は荷台の壁に手を当てながら必死に耐えつつ、窓から前方を見据《みす》える。

馬車はそのまま森へと入っていくと、しばらくして再び悲鳴が聞こえてきた。

「こ、来ないで！　いや、いやあああっ!!」

「レオ！　ルナ！」

「ガルアッ！」

「シャアアッ！」

俺が声を掛けると、レオとルナは迷うことなく窓から飛び出し、声のした方へ駆けていく。

「リドル様！　これ以上は馬車で進むことができません！」

「俺たちも降りていきましょう！」

「わ、分かりました！」

ルッツさんには申し訳ないが、レオとルナがこの場にいないのであれば、二匹が向かった方へ俺たちも進んだ方が間違いなく安全だ。

ただ、魔の森の魔獣は強い個体が多いと、先ほどルッツさんは言っていた。

レオとルナが予想外に強かったとはいえ、ここの魔獣に通用するのか……俺は二匹を送り出したものの、今になって不安になってきてしまう。

二匹の無事を祈りながら走っていくと、茂みの奥から何かが近づいてきた。そして――

「うわあっ⁉」

「きゃあっ⁉」

悲鳴の主だろう、茶髪の女の子とぶつかってしまった。

お互いに尻もちをついてしまい、そこへルッツさんが追いついた。

「大丈夫ですか、リドル様？」

「お、俺は大丈夫です。あの、君は大丈夫？」

ルッツさんが手を差し出してくれたので、俺はすぐに立ち上がる。

そのまま女の子の方へ駆け寄った。

「あ、あの！　助けてください！　ま、魔獣が！」

「えっと、もう俺の従魔が――」

「ガウガウ！」

「ミーミー！」

「きゃあっ！」

俺が女性に声を掛けていると、女性が飛び出してきた方向からレオとルナが嬉しそうな鳴き声を上げながらやってきた。

「レオとルナも無事でよかった。魔獣はどうなった？　追い払ったのか？」

レオとルナに問い掛けると、二匹はお互いに顔を見合わせたあと、勢いよく首を縦に振った。

「え？　本当に？　マジで？」

レオとルナからの報告を受けて、俺は思わずそう口にしてしまった。

すると、二匹の言葉が分からないルッツさんが尋ねてくる。

「……ど、どうしたのですか、リドル様？」

「えっとー……この女の子を襲っていた魔獣ですが、この子たちが倒してくれたみたいです」

「え？　…………えええええぇぇっ!?」

いや、うん、そうなるよね。

魔の森の魔獣だもの、きっとものすごく強い魔獣だったんだと思うんだ。

「もしかしてお前たちって、俺が思っていた以上に、ものすごーく強かったりするのか？」

「いやはや、もしかしなくてもその通りですよ、リドル様！」

何故かルッツさんが興奮している。

……あぁ、いや、なるほど、そういうことか。

ルッツさんの気持ちを理解した俺は、レオとルナを見つめる。

「なあ、お前たちが倒した魔獣のところへ案内してくれるか？」

「さあ、早速向かいましょう！」

ルッツさんは二匹と一緒に森の奥に駆けだしていく。

魔獣をゲットできるチャンスとあって喜んでいるのだろう。さすが商人だ。

奥に進んでいったレオとルナ、ルッツさんを横目に、俺は目の前に座り込む女の子に声を掛ける。

「立てますか？」

「……」

「……えっと、大丈夫ですか？」

「はっ！　す、すみません、私ったら！」

どうやら驚きすぎて、目を開けたまま呆然《ぼうぜん》としていたようだ。

「いえ、お気になさらず」

俺が手を差し出すと、女性は少しだけ躊躇《ためら》ったものの、手を取ってくれた。

そのままグッと引っ張って立たせると、彼女が俺よりも少しだけ背が低いのだと分かる。

「俺はリドル・ブリードと言います。もしよろしければ、お名前を伺ってもよろしいですか？」

日本のサラリーマンとして鍛え上げた言葉遣いを駆使《くし》して、可能な限り丁寧《ていねい》で、悪感情を抱かせないような話し方で自己紹介した。

「わ、私は、ティナって言います」

「ありがとうございます。それじゃあティナさん、俺たちもあっちへ行きましょう」

ティナさんの手を取ったままそう告げると、彼女はビクッと体を震わせ、その場で立ち止まってしまう。

……しまったな。魔獣に襲われたばかりで、またその場所に戻ろうなんて、怖いに決まっているじゃないか。

「すみません、ティナさん。でも、俺の従魔が魔獣を倒したと言ってくれました。連れのルッツさんも向かってくれています。大丈夫、もう魔獣はいませんよ」

「……わ、分かりました」

俺がそう説得すると、ティナさんも納得してくれたのか、歩き出してくれた。

だけど、俺の手を取る左手には力が入っており、ついてきてくれてはいるけど、まだ怖いのだと実感させられる。

「大丈夫、大丈夫です」

そんなティナさんに、俺は大丈夫だと何度も声を掛けながら歩いていき、時間を掛けて、ようやくレオとルナ、ルッツさんのもとへ辿り着いた。

「ガウガウ！」

「ミーミー！」

「すごいですよ、リドル様！　デスベアーですよ、デスベアー！」

俺の到着にいち早く気づいたレオとルナが嬉しそうに鳴き、ルッツさんも大興奮で声を上げた。

しかし、ティナさんは信じられないといった様子で呟く。

「……本当に、倒してる？」

「だから言ったでしょう？　大丈夫だってね」

俺はどこか誇らしげに答えた。

まぁ彼女の気持ちも分かる。まさか小型の従魔が大型の魔獣を倒すなどとは夢にも思わなかったのだろう。

俺だって、二匹から直接言われていなかったら、信じられなかったと思う。

「……うぅぅ、うあああぁぁぁん！　ごわがっだよおおおおっ!!」

緊張の糸が切れてしまったのだろう、ティナさんはその場に座り込むと、ぼろぼろと涙を流しながら泣き出してしまった。

「ガウ？」

「ミー？」

すると、レオとルナがティナさんの方へと歩いていき、彼女の膝にポンと顔を乗せた。

そして、そのままコテンと首を横に倒す仕草を見せる。

……くっ！　俺もそんな仕草、してもらったことがないぞ！　可愛いなぁ、可愛いじゃないか、レオもルナも！

「……ありがとう。うふふ、可愛いね」

レオとルナの仕草は、泣きじゃくっていたティナさんを落ち着かせることに成功した。

ここは森の中であり、まだまだ魔獣は多く生息しているだろう。

大きな声で泣いていたら、魔獣が集まってくるかもしれない。

そういう意味でも、二匹の行動は意味のあるものだろう。

「ぐすっ！　……あの、助けていただいて、本当にありがとうございました！」

涙を拭《ぬぐ》いながら立ち上がったティナさんは、お礼を言いながら俺に向かって頭を下げた。

「通り掛かっただけで、当然のことをしただけです。それに倒してくれたのはレオとルナですし」

「あの、よろしければ、私が暮らす村まで来ていただけませんか？　お礼もしたいので！」

思いがけないティナさんの言葉。だが俺としては領地民と出会えるチャンスである。

ルッツさんの方へ視線を向けると、彼も笑顔で頷いてくれた。

「分かりました。案内していただけますか？」

「はい！」

元気になったティナさんは、笑顔で返事をすると立ち上がる。レオとルナも彼女の左右に立っていた。

……俺もあとで、お膝で首コテンをやってもらうからな！

俺たちは一度馬車の方へと戻り、ルッツさんが馬を馬車から外すと、手綱を握って歩き出す。

ティナさんを助けてから三〇分ほど森の奥へ進んでいくと、突如として拓《ひら》けた場所に到着した。

そこには木造の建物がいくつも並んでおり、ここがティナさんの暮らしている村なのだと一目で分かった。

「ティナ！」

「お父さん！」

村の入り口が見えてくると、茶髪の男性がティナさんの名前を呼んだ。その隣には同じく茶髪の女性の姿もある。

ティナさんは二人のもとへ駆け出していき、女性に抱き着いた。

「よかった、無事だったのね！」

「ごめんなさい、お母さん！」

どうやらあの二人はティナさんの両親のようだ。

……互いのことを想い合う。これが本当の、家族の姿なんだろうな。

「あの人たちが助けてくれたの」

「え？」

ティナさんがそう口にして入り口の所に立っていた俺たちを指さすと、両親は驚いたように視線を向けた。

俺は気持ちを切り替え、ルッツさんと共に三人のもとに向かった。

「初めまして。俺はリドル・ブリードと申します」

「私は流れの商人でルッツと申します」

「ルッツさんに、リドル……ブ、ブリード!?」

「もしかして、この地の領主様のご子息様《しそくさま》でしょうか!?」

父親が驚きの声を上げ、母親が確認を取る。

「え？　領主様の、ご子息様？」

まさか領主の息子だとは思っていなかっただろうティナさんは、困惑した顔で俺と両親の間で視線を彷徨《さまよ》わせていた。

俺は頬《ほお》を掻《か》きながら答える。

「えっと、少し前まではそうでした」

「……ど、どういうことでしょうか？」

「俺はブリード家を追放されたんです。そして、この未開地の領主として任命されました」

……うん、そうだよね。いきなり子供から領主になりました、だなんて言われても、ぽかーんとしちゃうよね。気持ちは分かるよ、うんうん。

「驚くのも無理はないと思います。ですが……いきなりやってきて申し訳ないのですが、どこか落ち着いて話ができる場所はあるでしょうか？　実はもうくたくたでして」

苦笑しながらそう口にすると、ティナさんが両親の方を向いて口を開く。

「お願い、お父さん！　私を助けてくれた人なの！　デスベアーを倒してくれたんだよ！」

「なっ！　……わ、分かりました。では、私たちの屋敷へお越しください」

「ありがとうございます！」

どうやら村の人から見ても、デスベアーは強い魔獣なのかもしれない。

両親からは疑いの眼差しを向けられながら、俺たちはティナさんたちについていく。

村の中に入ると、村人たちからも視線を集めており、居心地はどこかよくない。

注がれている視線がなんというか、ブリード家にいたころに感じていた視線と同じなのだ。

正直これは、歓迎されていないんだろうと思えてならない。

「お待たせいたしました。こちらになります」

ティナさんたちの屋敷も、他の建物と変わらず木造のものだ。

ブリード家があったような大きな街ではあまり見ないが、俺はこういった木造の建物の方が、温かみがあってホッとするんだよな。

なんていうか、日本の田舎に帰ってきたような、そんな感覚を覚えるんだよね。

「おじゃまいたします」

ティナさんたちが屋敷に入ると、続いて俺がレオとルナを抱き上げて入り、最後にルッツさんが入っていく。

玄関のすぐ目の前がリビングになっており、ティナさんと母親が椅子を引いてくれたので、俺とルッツさんがそちらに腰掛ける。

「まずは、娘のティナを助けていただき、誠にありがとうございます」

「いえ、当然のことをしただけですから」

俺がそう答えると、父親はどうにも納得しがたい表情を浮かべている。

「……私は村長をしております、ナイルと申します」

「ナイルの妻で、ルミナです」

なんと、ティナさんの父親は、この村の村長だったのか。

「それで、領主様のご子息……ではありませんでしたね。新領主様が、この村になんのご用でしょうか？」

村長としては、いきなり新領主が現れたら警戒するだろう。

もしも新領主が横暴な人間であれば、何を言われるか分からないのだから当然だ。

「……隠すことでもないのではっきり言いますが、俺はブリード家を追放された身です。なので、ナイルさんが警戒するのも分かります」

「いえ、その、警戒などでは……」

「気にしないでください。俺がナイルさんの立場だったら、同じように警戒すると思いますから」

苦笑しながらそう伝えると、ナイルさんは申し訳なさそうに軽く頭を下げる。

「俺がこの地に来た理由ですが、単純に、追放される時に父にここの領地を授かったからです。まあ、他に行く場所がなかったというのもありますけどね」

「……あの、領主様？」

するとここでルミナさんが声を掛けてきた。

「お二人共、俺のことはリドルでいいですよ」

「それは……いいえ、分かりました。リドルさんは、本当にブリード家を追放されたのですか？」

「はい。俺が授かったスキルが小型オンリーテイムだったから、追放されてしまいました」

ここでナイルさんたちからも蔑《さげす》みの目を向けられたなら……俺は、どうしたらいいんだろう。

この地で領主としてやっていけるのだろうか。

しかしルミナさんだけでなく、ナイルさんとティナさんも驚いたように目を見開いている。

「……え？　それが理由って、どういうことでしょうか？」

「そうだよな。スキルが理由だと言われても、私たちにはよく分かりません」

「それにレオとルナ、とっても強かったんだよ！　二匹がデスベアーを倒したんだからね！」

「……え？」

三人の反応に、正直なところ、俺も驚いている。

小型オンリーテイムと聞いても、彼らは俺が追放された理由にピンときていないようだ。

……もしかして、辺境のこの村には他人のスキルを尊重するという、昔の考え方が残っているのかもしれない。

そうなると今の一般的な考え方を伝えなければ、俺が追放された理由について納得してもらえないだろう。

「えっと、実は近年のブリード領地では……といいますか、全国的にスキルの強弱でその人を見定めるような風潮《ふうちょう》ができていまして、それで俺は切り捨てられたんです。小型しかテイムできないテイマーは役立たずだと言われて」

「ですが、スキルは神から与えられたものであり、どんなスキルでも尊重して生活をするのが我々の務めなのでは？」

「……その考え方が、今もなお残っていてくれていることに、俺は感激しています」

少なくとも、俺がこの地でやっていける可能性は出てきたということだ。

「ですが……」

だが、そう思ったのも束《つか》の間《ま》、ナイルさんが真剣な面持ちでこちらを見つめ、改めて口を開く。

「私たちは、あなたをすぐに新領主だと認めるわけにはまいりません」

まっすぐに見つめられながら、はっきりとそう言われてしまった。

「そんな、お父さん⁉」

ナイルさんの意見に反論しようとしたのは、ティナさんだった。

しかしナイルさんは首を横に振り、自身の意見をまっすぐに伝えてくる。

「ブリード家はこの地を未開地と認定し、私たちへの支援を一切行ってくれませんでした。あなたもそうだとは言い切れませんが、すぐにブリード家の人間を信用しろというのは、虫がよすぎるのではないですか？」

父さんがここを未開地と決め、支援もしていなかったというのは初耳だ。

でも父さんは自身の利益のことしか考えない人だし、きっとナイルさんの言っていることは正しいのだろう。

それならこの主張は、至極当然なものだと俺も思う。

するとナイルさんははっきりした口調で続ける。

「リドル様には申し訳ありませんが、私たちは私たちの力で生きていきたいと考えております。領主など必要ありません」

「仰ることは分かります。でも待ってください！」

ナイルさんの主張を尊重したい気持ちもあるが、このまま引き下がってしまっては、この地に来た意味がなくなってしまう。

最初からマイナスの印象を抱かれているのであればこそ、できることを全力で取り組みたい。

「数日で構いません、俺をこの村に泊めていただけませんか？　その間は領主としてではなく、移住してきた一人の村人として接してください」

「……領主としてではなく、一人の村人として、ですか？」

「はい。俺は領主としての意識で行動します。だけど、皆さんは俺のことを領主だと思わなくて構いません」

「……ど、どういうことでしょうか？」

困惑気味のナイルさんとルミナさんへ、俺は自分の考えを告げていく。

「俺は領主として、この村が今以上の生活をできるようにと考えているので、皆さんに認めてもらえるよう行動します。もちろん、何かをやりたいと思ったら必ずナイルさんに相談します」

「まあ、勝手にやられるよりはありがたいですが……あなたに何ができるのでしょう？」

「お父さん！」

ナイルさんの厳しい意見にティナさんが声を荒らげるが、俺は右手を上げて彼女を制した。

「いいんです、ティナさん。ナイルさんの意見は当たり前のものですから」

「で、でも……」

この子は本当に優しい女の子なんだな。

見ず知らずの俺のために、両親に大声を上げてくれているんだから。

「ナイルさんの信頼を得られなければ、すぐにこの村を出ていきます。数日で構いません、どうかお願いします！」

そう口にした俺は頭を下げ、そのままの勢いでおでこをテーブルにぶつけてしまう。

だが、顔を上げるつもりはない。ここで断られてしまえば、ここまで来たことが無意味になってしまうからだ。

「お父さん……」

「…………分かりました、リドル様」

「あ、ありがとうございます!!」

ナイルさんから許可が得られたことで一度顔を上げ、お礼を口にしてもう一度頭を下げる。

すると、ルミナさんとナイルさんは慌てて告げる。

「か、顔を上げてください！」

「そうですよ！　認めないとは言いましたが、あなたは領主様なのでしょう！」

「頭を下げることで少しでも信頼を得られるなら、俺の頭くらい何度だって下げられます！　本当にありがとうございます‼」

これは俺の、本心からの言葉だ。

ブリード家だから頭を下げない？　利益にならないから支援をしない？　そんな意味のないプライドが、多くのところで失敗をもたらすのだ。

「……はぁ。まだ認めてはおりません。ですが、領主様が簡単に頭を下げてしまっては、その地の価値を下げることになってしまいますよ」

ため息交じりにナイルさんがそう言ってくれた。

……うん、確かにその通りだ。

「ですが、私たちの信頼は多少、得られましたよ」

「……え？」

「そうですね、あなた」

叱責《しっせき》されたかと思ったが、それだけではなかったようだ。

……はは。俺の頭も、少しは役に立ってくれたんだな。

俺が顔を上げると、ナイルさんが小さく微笑む。

「滞在中は、こちらの屋敷で寝泊まりしてください。リドル様も、ルッツ様も」

「い、いいんですか？」

「私もよろしいので？」

「もちろんです。ですがまあ、豪勢《ごうせい》なおもてなしなどはできませんが」

そう口にしたナイルさんは苦笑した。

するとルッツさんが軽く周囲を眺めて尋ねる。

「……もしや、食糧事情が苦しいのでしょうか？」

「はは、仰る通りです。森の中には豊富にあるのでしょうが、強力な魔獣も多く、私たちだけではなかなか採取《さいしゅ》できないのです」

「この子にも森には入るなとあれほど言っていたのですが……ティナを助けていただき、本当にありがとうございました」

頭を掻きながらそう口にしたナイルさんのあとに、ルミナさんが改めてティナさんを助けたことへのお礼を伝えてくれた。

するとルッツさんは納得したように頷き、ナイルさんを見つめた。

「よろしければ、こちらへ向かう道中で確保していた食糧をいくつかお譲りいたしましょうか？」

「嬉しいご提案ですが、それは結構です」

「おや？　どうしてですか？」

自身の提案がすぐに断られ、ルッツさんは疑問を口にした。

「私たちだけが譲ってもらうわけにはまいりません。でもルッツさんが他の村人に渡そうとしても、上手くいかないでしょうから」

「……信頼を得られていない私が提案しても、断られてしまう、ということですね？」

「その通りです」

村長だからといって、自分たちだけが贅沢をするわけにはいかないとナイルさんは考えているのだろう。

……本当なら父さんと違って、こういう人が領主になるべきなんだろうな。

そんなことを考えながら、俺は口を開く。

「そうなると、最初に改善するべきは食糧事情ですね。でも森での採取は危険だから、村の中で生産できるとよし、といった感じですか」

「まあ、その通りではあるのですが……それは正直、厳しいかと。森以外の土地のほとんどは乾燥していまして、作物を育てようにも発芽《はつが》すらしないんです」

「そうなんですね」

ルミナさんの説明を受けて、俺は思案する。

俺にこの土地の土をどうこうすることは、正直難しい。

となるとテイマーらしく、魔獣の力を借りるべきなのだろうが、レオとルナにも土の改善なんてできないだろう。

つまり新たな従魔を見つけるしかない。そしてこの辺りで魔獣がいるところといえば、森しかないだろう。

しかし、近くにあるのは魔の森だ。通常よりも強い個体の魔獣が生息している場所である。

レオとルナが強いということは分かったが、森を探索するということは、二匹を危険に晒《さら》すことになってしまう。

「……ガルアッ！」

「どうしたんだ、レオ？」

するとと突然、レオがいつもと違い力強く鳴いた。

「シャアアッ！」

「ル、ルナも？」

……あぁ、そうか。二匹には、俺の不安が伝わっちゃったんだな。さすがは俺の従魔たちだ。

お前たちがそう言うなら、俺も信じないと主として恥ずかしいよな。

「……一度、森に入りたいと思います」

決意を固めた俺は、ナイルさんたちへ告げた。

「も、森に入るだって⁉」

「危険ですよ、リドルさん⁉」

俺の言葉に驚いたのは、ナイルさんとルミナさんだった。

「不安がないと言ったら嘘になります。ですが俺は、大丈夫だと言ってくれているレオとルナを信じていますから」

レオとルナは俺に対して「いけるよ！」「大丈夫！」と言ってくれていた。

ならば俺も、二匹の想いに応えなければならない。

「大丈夫だよ！　お父さん、お母さん！　レオとルナ、とっても強いんだもん！」

そこへティナさんが、自分のことのように胸を張りながら言い返す。

「村にご迷惑は掛けませんので、許していただけませんか？」

俺は先ほど口にした通り、ナイルさんからの許可を得るべく尋ねた。

「……森の奥には、さらに強い魔獣がいるかもしれませんよ？」

「大丈夫です。俺はこの子たち、レオとルナを信じていますから」

俺はそう口にしながら、膝の上で行儀よく座っていたレオとルナの頭を軽く撫でた。

「……分かりました。ですが、本当に気をつけてくださいね？　酷《ひど》いとお思いになるかもしれませんが、私たちでは魔の森の魔獣に太刀打ちできず、何かあっても助けにいけませんので」

申し訳なさそうにそう口にしたナイルさんに対して、俺は力強く首を横に振る。

「お気になさらず。これは、俺が勝手にしていることですから」

笑顔でそう返すと、ナイルさんも諦めたのか小さくため息を吐いた。

「それでは、今日は休んだ方がいいでしょう。ティナ。お二人を客間にご案内してあげなさい」

「はーい！」

最後にナイルさんがそう口にすると、ティナさんが元気よく返事して立ち上がった。

「こっちだよ！　リドルさん、ルッツさん！」

「ありがとうございます、ティナさん」

俺がお礼を口にすると、ティナさんの動きがピタリと止まる。

「……ど、どうしたんですか？」

「……なんか話し方が、大人みたいだなって思って」

「あー……確かにそうかも」

俺がそう口にすると、先を歩いていたティナさんが振り返り、こちらに近づいてきた。

「もっと普通に話してほしいの！」

「普通にって……」

これが普通なんだけど……いや、違うか。

俺は領主だが、ティナさんから見た俺は歳の近い子供でしかないのかもしれない。

「……分かったよ、ティナさん」

「ぶー！　同い年くらいなのに、ティナさんだなんて呼ばれたくない！」

「えっと、それじゃあ……ティナ？」

「うん！　えへへ、こっちだよ！」

さん付けではなくなったことが嬉しかったのか、ティナは笑顔で前を向き、そのまま客間へ案内するため歩き出す。

「全く、あの子は……」

そこへナイルさんの申し訳なさそうな呟きが聞こえてきた。

俺はすぐに振り返ると、人差し指を自分の口の前に持っていき、「何も言わないで」とジェスチャーで示した。

「……ありがとうございます」

ナイルさんからのそんな言葉を耳にした俺は、笑みを返してからティナについて歩き出した。

「ここだよ！」

リビングから廊下に出て、右に曲がった突き当たりが客間だった。

六畳くらいあり、大人と子供が寝泊まりするには十分な広さだ。

「ありがとう、ティナ」

「何か困ったことがあったら言ってね！」

俺がお礼を伝えると、ティナは嬉しそうに答えてくれた。

そして、リビングへ戻ろうとしたところ、すぐに振り返って口を開く。

「明日は気をつけてね、リドル！」

それだけを口にして、ティナは今度こそリビングへ戻っていった。

「なるほど。青春ですかねぇ？」

「青春？　今のがですか？」

何やら微笑みながらそう口にしていたルッツさんに、俺は首を傾《かし》げながら声を掛けた。

「えぇ、そうですとも。これがいい出会いになればいいですね、リドル様」

「何を言っているんですか？　既にいい出会いになっているじゃないですか」

俺はそう口にしながら、荷物の中から布を取り出してレオとルナの足の汚れを拭き取っていく。

そして、客間の端に畳んでおかれていた布団を敷《し》き始めた。

「俺は先に休みますね。今日は疲れましたし、明日に備えて休んでおかないと」

気づけば日は既に姿を隠しており、窓の外は暗闇に包まれている。

お腹は空いていたものの、すぐに準備できるものではないし、今は食欲よりも睡眠欲の方が強かった。

「分かりました。私はもう少し起きていますので、先にお休みになっていてください」

ルッツさんはそう口にすると、部屋を照らしていた蝋燭《ろうそく》を消してくれた。

「ありがとうございます。それでは、お休みなさい、ルッツさん」

「キャウァァ……」

「ニィィ……」

俺がお休みの挨拶を済ませると、レオは布団の中に、ルナは布団の上に乗っかってきた。

「ふふ。レオとルナも眠そうですね。それではお休みなさい、リドル様、レオ、ルナ」

こうして目を閉じた俺は、思いのほか疲れていたのだろう。

レオの温もりとルナの重さを感じながら、あっという間に深い眠りに落ちていったのだった。

◆◇◆◇第三章：食糧改善◇◆◇◆

翌朝、俺は朝食をいただいてから、再び森にやってきた。

とはいえ、今回は最初に来た時より奥へと進んでいた。

そこで地面の土を触ってみる。

「……村の中の地面よりも粘《ねば》り気《け》があるな」

ここに来る前にナイルさんの屋敷周辺の土を触ってみたが、サラサラとして乾燥していた。

農業については詳しくないものの、乾燥した土地では作物が育ちにくいというのは、なんとなく分かる。

乾燥した土地でも育つ作物があれば話は別だが、そうでなければ土の改善から始めなければならないだろう。

「土の改善に役立ちそうな小型魔獣……とりあえず、奥に進みながら探してみよう。レオ、ルナ」

「ガウ！」

「ミー！」

昨日のナイルさんたちとの話し合いの最中、二匹はとてもおとなしくしてくれていた。

だからだろうか、森に入ってからは俺の足元に留まることなく、あちらこちらを楽しそうに駆け回っている。

元気なのは何よりだが、いきなり魔獣が飛び出してくるなんてこともあるかもしれないので、気をつけてもらいたいところではあるけど。

「うーん、俺は魔獣の気配とかさっぱり分からないんだよな。なあ、レオ、ルナ。近くに魔獣の気配とかあるのか？」

走り回っていたレオとルナに声を掛けると、二匹は顔を見合わせたあと、同時に首を傾げる。

「まあ、それもそうか。二匹にも分からない――」

「ギャウ！」

「ニィー！」

「って、おーい！」

分からないだろうと思っていた矢先、二匹が突然同じ方向へ走り出した。

そこに魔獣がいるのかもしれないけど……待て待て、俺の護衛はどうするんだよ！

「お前たちがいなかったら俺、殺されちゃうってばー！」

大慌てで二匹を追い掛けていくと、進んだ先で驚きの光景を目の当たりにした。

「はぁ、はぁ……え？　なんだ、ここ？」

そこは魔の森と言われている場所には似つかわしくない、一面に色とりどりの花が咲いている場所だった。

花畑に目を奪われながら汗を拭っていると、足元のレオとルナがこちらを向きながら鳴く。

「ギャウ！　ガウア！」

「ニィー！　ミミー！」

「……え？　ここに花畑を作った魔獣がいるって？」

こんなきれいな花畑を作った魔獣なら、土の改善にも役立つかもしれない。

ただし問題は、そいつが小型なのか否かである。

小型魔獣でなければ俺はテイムすることができないわけで、さらに言えばこの花畑を作った魔獣が敵対してくる可能性もある。

……さて、いったいどんな魔獣が出てくるのか。

「ガルルゥウ！」

「ミイイィ！」

すると急に、レオとルナが唸《うな》り声を上げた。

どうやら魔獣の気配を察したようで、俺は二匹が向いている方へ視線を向ける。

――ぼこん。

突如として、地面が盛り上がった。

「……ん？」

「……モギュ？」

………あれはー……モグラ、だよな？

茶色い肌に、とんがった鼻。特徴的なのは、目の周りが黒くなっていることくらいだろうか。

「モギャ!?　モ、モググ～!!」

「あぁ！　ちょっと待ってくれ！」

俺たちの姿を見たモグラの魔獣が慌てて出てきた穴へ戻ろうとしたのを見て、俺も同じように慌てて声を掛けた。

「俺たちはお前を倒しに来たんじゃないんだ。この花たちは、お前が育てたのか？」

「……モグ」

テイム前だが俺の言葉が通じたみたいで、モグラの魔獣は振り返ってから小さく首を縦に振った。

「実は今、土の改善に役立つ魔獣を探しているんだ。どうだろう、力を貸してくれないか？」

「モギュ～？　……モギャギャ！」

「大丈夫、ここはそのままにするからさ」

こんなにも美しい花畑を壊すようなことはしたくない。

村からも比較的近い場所だし、開拓を進めて、村の花畑としてもいいくらいだ。

「頼む！　お前の力が必要なんだ！」

「モギュ～……」

可愛らしい小さな腕を組み、悩んでいるモグラの魔獣。

俺が黙って見つめていると、考えがまとまったのかモグラの魔獣がこちらを見た。

「……モグ！」

モグラの魔獣は首を大きく縦に振ってくれた。

「ほ、本当か！　ありがとう！　それじゃあ、テイムしてもいいかな？」

「モグー！」

組んでいた右腕を上げ、今度は何度も頷いてくれた。

俺はモグラの魔獣へと近づき、上げてくれた右手に自分の右手を重ねる。

すると、触れている場所から白い光が現れ、お互いを包み込んでいく。

最後には光がお互いの体の中へ消えていき、テイムが完了した。

「よし、テイム完了だ。これからよろしくな！」

テイムが完了すると、モグラの魔獣が嬉しそうに体を左右に振っている。

「ガウー！」

「ミーミー！」

「モグモグ！」

そこへレオとルナが近づいていき、新しい仲間へ挨拶をしていた。

……可愛いが三匹も……いいなぁ、これ。

「……さて！　まずは名前を考えないとだな。種族は……ふむふむ、グラスモグラか」

テイムした魔獣の情報は、スキルによって確認できるのだ。

でもグラスって、メガネ的な？　サングラス的なことか？

だから目の周りが黒くなっているのか。

「……よし！　お前の名前は、グラスモグラのグースだ！　よろしくな、グース！」

「モグ！」

グースの名前も決まったことだし、確認しなければならないことがある。

「なあ、グース。ここの花畑の土だけど、これはお前が作ったのか？」

土を掘るのが得意なモグラなら土を耕《たがや》すことはできそうだが、それだけでこんなきれいな花畑ができるか疑問に思ったのだ。

直接グースに聞いた方が早いと思ったのだが、果たして……。

「モギュ？　……ググ」

「え？　違うのか？」

グースが首を横に振ったのを見て、俺は頭を抱えてしまう。

花畑の土をグースが作っていたのなら、すぐにでも村に戻って土の改善をナイルさんに提案したかったんだが……無理のようだ。

「モグモグー！　モググー！」

「それ、本当か！」

そうか、冷静に考えればその通りだよな。

花畑の土が栄養豊富なのは間違いない。なんせこれだけ美しい花が育っているんだから。

そして、この土を作った魔獣のことを、花畑を縄張りにしているグースが知らないはずがない！

「紹介してくれ、グース！　栄養豊富な土を作ってくれた、その魔獣を！」

「モッググー！」

元気よく返事をしてくれたグースに感謝しながら、俺は食糧改善に向けて進んでいる手応えを感じ、自然と拳をグッと握りしめていた。


俺たちはグースに案内されながら、森の中をさらに奥へと進んでいく。

村からは結構離れてしまったが、本当に大丈夫なのだろうか。

「……なあ、グース？　この先に本当に、花畑の土を作った魔獣がいるのか？」

「モグ！」

もちろんだと、自信満々に返されてしまった。

……いや、そうだとも。俺が従魔たちのことを信じないで、どうするんだ！

「……とはいえ、やっぱり他の魔獣は怖いんだよなぁ～」

こちとら元々は日本人で、こっちに来てからも争いとは無縁の生活を送ってきたのだ。

近くに強くて怖い魔獣が生息していると分かっていて、安心できるはずがない。

そんな俺の恐怖を感じたのか、レオとルナが俺の足元に寄り添ってきた。

「……お前たちが強いってのは十分、分かってるよ。分かってるけどさぁ～！」

「……ウガ～」

「……ニニ～」

そんな呆れたような鳴き声を出さないでくれよ！　怖いもんは怖いんだからさ！

「モググ！」

そんな話をしていると、前を進んでいたグースから声が掛かった。

「と、到着したのか？」

俺が急いで進んでいくと、そこはなんの変哲もない、拓けた場所だった。

「……なんだ、ここ？」

俺が困惑した顔で周囲を見渡していると、グースがズボンを引っ張り、広場の中央を指さす。

「え？　あっちを見ろだって？　どれどれ……うーん、なんにもいないみたいだけど？」

「モギャ！　モグアッ!!」

引き続きズボンを引っ張られるが、やはり何も見えない。

「近づいた方がいいのか？」

「モー……ググ」

え？　なんだよ、今の間は。いいみたいだけど、気になる間なんだが？

「どうぞどうぞって……ん？　グースは行かないのか？」

「ググモ、ググモ」

俺の問い掛けにグースはゆっくりと、しかし大きく頷いた。……なんで？

「……ミィ」

「え？　ルナも行かないの？」

どうしてものすごい勢いで頷いているのかな？

「……えぇい、ここまで来たら絶対に見つけてやるんだからな！　いくぞ、レオ！」

「ガウガウ！」

無駄足だけは絶対に嫌だ！　なんだか怖いけど、行ってやるよ！

というわけで、俺は唯一拒否していないレオと一緒になって、広場の中央へ歩き出す。

——ぐにゅ。

……ん？　なんだか、いや〜な感触が、足元でしたような？

「ググ〜」

「ミィ～」

——ぷぅぅ～ん。

「………くっさあああぁぁあああぁぁっ⁉」

「キャイイイイイインッ⁉」

嘘だろ⁉　マジか？　マジなのか、これは‼

この一帯の茶色い土はもしかして——魔獣の糞《ふん》なのか⁉

ってかそれならお前は気づけよ、レオ‼　臭いとかで気づかなかったのかよ‼

俺が大慌てでいると、土の……ではなく、糞の中から、黄金に輝く顔をした虫のような魔獣が姿を現した。

「……ギキ？」

「なんでだよおおおおっ⁉」

「ギギョ⁉」

「あぁっ‼　ごめん、ちょっと待ってくれえええええっ‼」

その魔獣が再び潜ろうとしたので、慌てて声を掛けた。

なんだろう、このデジャブ感。

「……ギ、ギキ？」

「マジでごめんて！　お前の力が必要なんだよ！」

俺は頭を下げながら、糞の魔獣に声を掛ける。

すると、遠くからグースも声を上げた。

「モグモグー！」

「ギキ？　ギギ！　ギッギギー！」

おぉ、グースが糞の魔獣と会話を始めたよ。

グースの話はテイムしているから分かるんだけど、糞の魔獣の話は分からないな。

どうやら説得してくれているみたいだけど、やっぱり俺が言葉を尽くさないと、信頼を得られないよな。

「俺は今、近くで暮らしている人たちの食糧改善のために動いているんだ。ここの土……糞か？　これが植物の成長に重要だってことを、グースから聞いたんだ」

「ギキ〜？」

グースに本当か？　みたいな感じで確認しているのかな、これは。

「本当さ。お前の生活が変わらないようにする。だからお願いだ、力を貸してくれないかな？」

俺が想いを伝えると、糞の魔獣が悩み始めた。

……結構悩んでる。

……まだ悩んでる。

………ま、まだかな？　ここ、なかなかに臭うんだけど？

「……………………ギギ！」

「いいのか？」

「ギッギギー！」

「ありがとう！　それじゃあ早速テイムを……あ」

そうだった。

テイムをするには、魔獣と触れ合わなければいけないんだった。

「ギギ！」

……ですよね～。糞の付いた節足《せっそく》、ですよね～。

「……よ、よろしく頼むな！」

しかし、ここまで来たら背に腹は代えられない！

俺は伸ばされた糞の魔獣の節足に触れ、テイムを完了させた。

「えぇっと、種族は……へぇ、黄金《オウゴン》コロガシか」

日本でいうところの、フンコロガシみたいな奴なのかな？

でもまあ、テイムできたからひとまずはよしとしよう！

「名前はどうしようかな……」

黄金コロガシ……オウゴンコロガシ……オウゴン……コロガシ……よし！

「決めた！　お前の名前はゴンコだ！」

「ギキー？」

「あ、あれ？　嫌だったか？」

「ギキー……ギギ！　ギッギギー！」

最初の反応こそ微妙そうだったけど、納得してくれたみたいだ。

それにしても……みんな、俺のネーミングセンスをどう思っているのだろうか。

納得してくれているからいいんだけど、まさかテイムされたから仕方なく、とかではないよな？

「……だ、大丈夫、だよな？」

「ギギャ！」

「ん？　どうしたんだ？」

突然ゴンコが鳴き出すと、塊《かたまり》になった茶色い、丸いものを持ってきてくれた。

「……えっと、ゴンコ？　これってもしかして、肥料？」

「ギニ！　ギギャギャ！」

なるほど、そういうことか。

「ゴンコはここで、糞を使って栄養豊富な肥料を作り出しているんだな！」

これはすごいぞ！

グースとゴンコ、二匹がいれば村の食糧事情を大きく改善できるかもしれない！

「ゴンコはここで、この肥料をたくさん作ってくれるか？」

「ギギ！」

「ありがとう！　グースは俺たちと一緒に、村へ来てほしい！」

「モグ！」

あとはナイルさんの許可を得るだけだ！

……その前に、俺とレオは手や足についた大量の糞をどうにかしないといけないけどな。

夕方近くなり、俺はようやく村に戻ってくることができた。

しかし、糞を洗い流す場所を見つけることができず、ひとまずきれいなままのルナだけを村の中へ走らせた。

しばらくして――

「どうなさったのですか、リドルさ……あー、なるほどです」

やってきたのはルッツさんだった。

そして、俺の姿を見ると同時に察してくれたのか、納得顔になる。

「少々お待ちいただけますか？　お水を用意できるか聞いてきますので」

「あ、ありがとうございます」

「ガウ～」

俺はお礼を言うことしかできず、再びその場に立ち尽くす。

それから数分後、今度はルッツさんと一緒にティナもやってきてくれた。

「あー、ティナ？　今の俺は臭いんで、あまりこっちに来ない方がいいよ？」

「土の改善のために動いてくれていたんだもの、気にしないよ！」

「まあ、それはそうなんだけど……」

さすがに可愛い女の子に、糞を踏んづけたまま会いたくないといいますか、なんといいますか。

「ルッツさん、行きましょう」

「その方がよさそうですね」

しかし、ティナもルッツさんも、俺の意図など気づいていないかのように近づいてきた。

「桶《おけ》に水を汲《く》んできましたので、こちらをお使いください、リドル様」

「あ、ありがとう、ございます」

「臭いのがそんなに嫌なの？」

「うぐっ⁉　……いやまあ、そうだね」

ティナの言葉にショックを受けながら俺が答えていると、彼女は何故かクスクスと笑い出した。

「……な、なんで笑っているんだ？」

「このくらい、私たちからしたらどうってことないもの」

「……でも、魔獣の糞だよ？　めっちゃ臭いよ？」

「畑仕事をしていたら、これ以上の臭いを嗅ぐこともあるんだもの、問題ないわ」

……魔獣の糞以上の臭いって、どんな臭いなんだろうか。

しかし、糞臭くて嫌われるということはなさそうで、とりあえずは一安心だ。

俺はその場で手や靴を洗い、いったんは安堵した。

そのままティナに尋ねる。

「このあと軽く体も流したいんだけど、いいかな？」

軽く手や足の糞を落としたものの、やはり気持ち的には全身を洗い流したい。

「もちろん！　それじゃあ、屋敷の裏に準備しておくから、あとから来てね！」

「ありがとう、ティナ」

笑顔で手を振りながら走っていったティナにお礼を言いながら、俺はレオの手足もある程度は洗い流していく。

屋敷に行くまでの間に、糞を落とすわけにはいかないしね。

そこへルッツさんが声を掛けてきた。

「それで、進捗はいかがでしたか、リドル様？」

「はい。なんとか土の改善のめどは立ちました」

「なんと！　……はは、さすがは小型オンリーテイムですね」

「……ルッツさん。さすがっていうのは……？」

小型魔獣しかテイムできないこのスキルが褒められたことが珍しく、つい尋ねてしまった。

「そうですねぇ……そのことについては、歩きながらお話ししましょうか。早く体を洗いたいでしょうし」

「確かに、その通りですね」

レオもある程度きれいになったので、ひとまず裸足で歩き出すと、ルッツさんが話し始める。

「以前に、従魔の話を理解できる上位のテイムスキルは貴重だとお話ししたのは覚えていますか？」

「はい」

「つまり、私は小型オンリーテイムは最上位のテイムスキルではないかと思っているのです」

……え？　俺の小型オンリーテイムが、最上位のテイムスキルだって？

「で、でも、俺のは小型従魔しかテイムできないんですよ？　それが最上位のテイムスキルだなんて、そんなことあるはずないじゃないですか」

「ですがリドル様は、レオやルナの話を完璧に理解されているのではないですか？」

「……確かに、二匹の話を聞いて、理解した内容が間違っていたことはないですね」

「その時点で、テイムスキルとしては最上位に値《あたい》するということです」

……あぁ、なるほど。そういうことか。

俺は少し考えてから答える。

「従魔の話が理解できるのは貴重なのかもしれませんが、それだけでは普通の人は最上位とは思わないですよ」

従魔の話が完璧に理解できるということは、意思の疎通を完璧にできるということだ。

それはつまり、その従魔が何ができるかが完璧に分かるということでもある。

しかし結局、世間一般的に悪とされる小型魔獣しかテイムできないのであれば、多くの人はその価値を認めないだろう。

小型従魔のポテンシャルを引き出したって仕方ないと鼻で笑われるだけだ。

しかしルッツさんは小さく微笑む。

「そうでしょうか。少なくとも私の認識はレオとルナに出会い、大きく変わりましたよ」

ルッツさんがそう口にすると、振り返りレオとルナを見る。

「レオとルナは小型にもかかわらず、とてもお強いですからね。二匹の力が世に知れ渡れば、小型が悪だという考え方は、嫌でも変わると思いますよ」

「そうなれば、いいですね……」

小型魔獣が悪、という思想を俺は最初から嫌っている。

とはいえ、世間一般の認識を変えるなんて不可能だと思っていた。

だがルッツさんは、レオとルナを見て自身の考え方は変わったと言ってくれた。

それが殊《こと》の外《ほか》嬉しく、俺は自然と笑みを浮かべてしまう。

するとルッツさんも楽しそうに尋ねてきた。

「ちなみに、他にもオンリーテイムでしかできないことはありませんか、リドル様？」

「オンリーテイムにしかできないことかぁ……そもそも、他のテイムスキルがどの程度のことができるのかが分からないので、比較のしようがないんですよね」

俺は苦笑しながら続ける。

「実家では俺がレオと出会ってから、テイムスキルについて全く教えてもらえなくなったので」

「そうだったのですね。……なんとまあ、勿体《もったい》ないことをされたものです」

しみじみとルッツさんが答えたところで、俺たちはナイルさんの屋敷に到着した。

屋敷の前ではティナが待ってくれていて、そのまま裏に回るとたらいに井戸水が汲まれていた。

「水まで汲んでくれたの？　ごめんね、ティナ」

「これくらい、いつもやっているから大丈夫だよ！」

そう口にしたティナは、力こぶを作るように腕を曲げた。……力こぶ、ないけど。

「あれ？　ねえ、リドル。なんか足元が変じゃない？」

俺が体を洗うために準備を始めると、ティナが首を傾げながらそう口にした。

確かに彼女の言う通り、俺の足元は少し盛り上がっている。

「実は、畑の土を改善できるかもしれない魔獣と従魔契約できたんだ！」

「えぇっ!!　それ、本当なの!?」

「本当だよ。この子はその第一歩になる、俺の新しい従魔、グースです！」

「モグ？」

俺が名前を呼んだからだろう、足元の土の中に潜っていたグースがひょっこりと顔を出した。

「へぇー、モグラの魔獣なんだね」

「モグ！」

「えへへ、もぐー！」

グースの挨拶に、ティナが同じ鳴き声で返している。

……なんだろう、従魔じゃないのに、とても可愛いな。

おっと、それより土の改善が第一だ。

「それで、ナイルさんに話を通したいんだけど、どうかな？」

何をするにもまずはナイルさんに相談すると伝えている。

まさか、翌日に相談することになるとは思っていなかったが、できるなら早いうちにした方がいいに決まっているからな。

「それじゃあ、今日の夕食の時でいいと思うよ！　私、聞いてくるね！」

「ありがとう、助かるよ」

ティナは笑みを浮かべると、元気よく屋敷の中へ戻っていく。

……助かった。体を洗うとなれば、上半身だけでも服は脱ぎたい。

でも女の子の前で裸になるのは恥ずかしいからね。

そんなことを考えていると、ニコニコ笑いながらルッツさんが口を開く。

「そう言えば、昨日話していた食糧をナイルさんにお渡しするという件ですが、私たちが食べている分だけでもと言ったら、その分だけは受け取っていただけることになったのですよ」

さすがはルッツさん、こんなところでも気を利《き》かせてくれていたようだ。

それから俺は上半身裸になり、レオの体をこれでもかと洗っていく。

「ガウガウ～！」

「はは！　気持ちいいか？」

「……ミィ」

レオが気持ちよさそうな声を漏らすと、ルナが羨ましそうに鳴いた。

「今度はルナもゆっくり体を流そうな」

「ミーミー！」

きれい好きなルナらしいなと思いながら、俺はたらいの水に目を向ける。

溜めてもらったたらいの水が茶色に変わっていた。俺は水を捨ててから、井戸水をもう一度たらいに溜めていく。

それを何度か繰り返してレオをきれいにすると、今度は自分の体を洗っていく。

気持ち的にもスッキリした俺だったが、そこでハッとさせられる。

「あー……ルッツさん？　あればでいいんですけど——」

「替えの洋服ですよね？　もちろん、ご用意しておりますよ！　靴も洗っておられましたし、こちらもいかがですか？」

さすがは商人。俺が全てを口にする前に即答だったよ。

「それじゃあ、いただきます」

「もちろん、お代は結構です」

「え？　でも、いいんですか？」

商人とは思えない発言に、俺は思わず聞き返してしまった。

「私の勘が言っているのですよ。ここでリドル様に多大な恩を売っておけば、いずれ大きな利益になって返ってくるとね！」

俺がそこまでの利益をもたらすことができるかは分からない。でもルッツさんは不思議なスキルを持っているわけだし、言っていることは正しいのかもしれない。

「分かりました。それでは、ありがたくいただきます」

「どうぞ、どうぞ」

ルッツさんから着替えを受け取った俺は、すぐに着替えを済ませると、その足で屋敷の玄関へと向かう。

するとそこにはティナだけではなく、ナイルさんとルミナさんが待っていてくれた。

「戻りました。すみません、汚れてしまったので先に体を流させてもらいました」

しかし、俺が声を掛けてもナイルさんもルミナさんも反応がなく、ティナだけがニコニコと笑っている。

「……あの、どうかしましたか？」

「……ティナから聞いたんですが、本当に土の改善ができそうなのですか、リドル様？」

半信半疑といった様子のナイルさん。

なるほど。土の改善ができるかもしれないということで、出迎えもかねて確認をしたかったのか。

「はい。そのための小型魔獣とも従魔契約を済ませてきました」

「……はは。それが本当なら、リドル様はこの村にとって――」

「もう、お父さん！　ご飯を食べながらでもいいでしょう！　私、お腹空いちゃった！」

俺とナイルさんが玄関で話をしていたからか、突然ティナから不満の声が飛び出した。

「あ……あぁ。それもそうだな。すまなかったね」

「いえ、驚かれるのも無理はありませんので」

こんなに早く可能性を見つけられるとは思っていなかったので、俺自身も驚いている。

というわけで、ティナの不満を受けてルミナさんが台所へと向かい、ナイルさんとティナ、ルッツさんはリビングへ移動する。

俺はというとレオとルナの足を拭きながら、ついてきてくれていたグースに声を掛ける。

「少しだけここで待っていてくれるか？」

「モグ！」

元気よく返事をしてくれたグースは、土の中に潜っていった。

しかし、すごいな。この辺りの土は乾燥していて硬いはずなのに、森の中と変わらず潜ってしまった。

この感じなら、畑を耕すのも問題はなさそうだ。

そんなことを考えながら俺も屋敷の中に入り、リビングへ移動する。

テーブルには既に料理がいくつも並べられており、ティナはさらに料理を運んでいた。

ルミナさんが腕によりを掛けると言っていたけど、これは本当に美味しそうだ。

そしてあっという間に全ての料理が並べられ、食事の時間となった。

「わーい！　いただきまーす！」

元気にそう返事をしたティナは、勢いよく料理を口に運んでいく。

「ん～！　やっぱりお母さんの料理は美味しいね！」

「うふふ。ありがとう。ルッツさんも食材、ありがとうございます」

ルミナさんは手放しに料理を褒めたティナだけではなく、ルッツさんにもお礼をした。

「食材を提供することで、私たちも美味しい料理にありつけているのですから、お互い様です」

それからしばらくは料理に舌鼓《したつづみ》を打つ時間となったのだが、ナイルさんだけは土の改善の話が気になってしょうがないのだろう、食事をしながらもチラチラとこちらを見ている。

俺としても早く話をしてあげたいのだが、こうも料理が美味しくては仕方がない。それに——

「どうだ？　レオ、ルナ？」

「ガウ〜ン！」

「ミニャ〜！」

レオとルナも、ルミナさんの手料理が気に入ったのか、俺が分け与えると嬉しそうに食べてくれている。

これだけでも、話を先延ばしにする理由には十分だ。……だって、可愛いんだもの。

そんなこんなで夕食が終わったあと、ナイルさんがものすごく真剣な面持ちで聞いてきた。

「改めてになりますが、本当に土の改善ができそうなんですか？」

「はい。新しく従魔にしたグースとゴンコ、この二匹で畑を耕し、栄養豊富な土を与えることができそうなんです」

「……なんてことだ」

答えを聞いたナイルさんは、両手で顔を覆《おお》い俯《うつむ》いてしまう。

「あの、もしかして、ダメでしたか？」

あまりに驚き、困惑しているナイルさんを見て、俺は少しだけ不安になり聞いてみた。

「いや、そんなことはありません。むしろ、感謝しているくらいですよ。ただまさか、一日でここまで話が進むのかと驚いてしまって……」

「それならよかったです」

ナイルさんのリアクションは、どうやら驚きすぎてのものだったらしい。

「しかし、今日はもう遅い。実際に作業するのであれば、明日からがいいでしょう」

「明日からでよろしいんですか？」

俺は急いだ方がいいと思っていたのだが、ナイルさんは微笑みながら答える。

「もちろんですとも。ただ、まずは私たちの畑で試してもらいます。他の村人の畑で初めてのことをやるわけにはいかないですから」

「はい！」

ナイルさんからも許可を得られたことで、俺は安堵の息を吐いて続ける。

「それじゃあ、先にグースをご紹介してもいいですか？　実はグースの方は屋敷の外に待機させているんです」

「そうだったんですか？　それなら中に入れてくれてもよかったのに」

そうは言ってくれているが、グースはモグラだからなぁ。土の中の方がいい気がするんだ。

「紹介したら、中に入れなかった理由も分かると思います」

そう説明した俺は、ナイルさんたちと共に玄関へ向かう。

「グース、出ておいで」

呼び掛けると同時に玄関前の地面がボコッと膨らみ、中からグースがひょっこりと顔を出した。

「彼はグラスモグラのグースです。硬い土でもこうして潜ることができるので、畑を耕すのを手伝ってもらおうと思っています」

「モグ！」

土の中から短い手を、これまたひょっこりと出して返事をしてくれた。

「な、なるほど」

「ですが、リドルさん。畑は耕せても、畑の土自体が枯《か》れた土地では、作物は育ちませんよ？」

驚きの声を漏らしたナイルさんとは違い、ルミナさんは現実的な指摘を口にした。

「その点も問題ありません。ここにはいませんが、栄養豊富な土、肥料を作ってくれる小型魔獣のゴンコとも従魔契約できたんです」

「肥料を作ってくれる魔獣ですか？」

首を傾げたルミナさんに答える。

「肥料なので臭いもありまして、今日は持ってきてないんですよね。明日、現物をお持ちします」

「戻ってきた時のリドルったら、魔獣の糞まみれだったんだよ！」

「ちょっと、ティナ⁉」

隠しておいてほしいところを言わないでくれないかなあ⁉

「なんと。そこまでして、畑の改善をしてくれようとしていたのか……」

「ありがとう、リドルさん」

……あ、あれ？　思っていた以上に、好感触な反応だな。

「ふあぁぁ……」

するとここで、ティナから大きな欠伸《あくび》が飛び出した。

「……お父さん、お母さん……眠たい」

色々と説明していたからか、夕食を終えてから結構な時間が経っていたようだ。

「……今日はゆっくり休んで、残りは明日にしましょうか」

「それもそうだね」

「さあ、ティナ。中に入ってもう寝ましょうね」

「……うん」

瞼をこすりながら返事をしたティナは、ルミナさんと一緒に寝室へ移動していく。

しかし途中で立ち止まると、こちらを振り返ってニコリと笑う。

「おやすみなさい、リドル」

「おやすみなさい、ティナ」

おやすみの挨拶を済ませたティナは、今度こそ寝室へ入っていった。

それを見届けたナイルさんが俺を見つめてくる。

「私たちも中に入ろう。明日はよろしくお願いします、リドル様」

「はい。……それと、ナイルさん？　俺のことを様付けで呼ぶのはちょっと……それと、敬語じゃなく普通に話してくれませんか？」

まだ認めていないとはいえ、ナイルさんからすれば俺は領主だ。だから様付けしているのだろう。

だけど俺はそれがなんというか、むず痒《がゆ》くて仕方がない。

商人としてビジネス的なやり取りもしているルッツさんに呼ばれるのはいいんだが、ナイルさんにはもっと楽な話し方をしてもらいたいと思ってしまう。

「いや、しかしですねぇ」

「ダメですか？　せめて、家にいる間だけでもいいんですけど？」

俺がそうお願いすると、しばらく思案顔をしていたナイルさんだったが、俺がじーっと見ていたことも幸いしてか、諦めたように口を開く。

「……分かったよ。それじゃあ、リドル君、でいいかい？」

「はい！　その方が助かります！」

苦笑しながらのナイルさんの提案に、俺は満面の笑みを浮かべて答えた。

「それじゃあ、リドル君。明日はよろしく頼むよ」

「こちらこそ、よろしくお願いします！」

そうして俺はナイルさんと握手を交わしたあと、グースに声を掛ける。

「グースはここにいるか？　それとも、花畑に戻りたい？」

「モギュー………モググ！」

「そうか、分かった。それじゃあ、明朝には迎えに行くよ」

どうやらグースは、慣れ親しんだ花畑で寝泊まりをしたいようだ。

俺はグースに手を振ると、ナイルさんと屋敷の中に戻り、そのままルッツさんと一緒に寝室へと移動する。

「明日は私も楽しみにしておりますよ、リドル様」

「成功するかは分かりませんが、精いっぱいやらせていただきます」

どうやら俺は、ルッツさんからも多大な期待を寄せられているらしい。

とはいえ、絶対に成功させなければならない。

それはこの村のためでもあり、俺のためでもあるのだ。

心の中で決意を新たにした俺は、今日も一瞬で深い眠りに落ちていったのだった。

◆◇◆◇

そして、翌早朝。

早起きして準備していると、客間までナイルさんが声を掛けに来てくれた。

「おはよう、リドル君」

「おはようございます。お早いのですね」

「はは。それはこちらのセリフだよ」

ナイルさんは特別早起きした様子もなく、毎朝、日の出に合わせて起きているのかもしれない。

そんなことを思いながら、俺は口を開く。

「レオとルナと一緒に、森へ行こうと思います」

「こんなに朝早くからかい？」

「はい。グースとゴンコ、二匹を連れてこようと思っているんです」

昨晩、グースは花畑に帰ってしまったし、ゴンコのこともきちんと紹介しておきたい。

特にゴンコは土の改善に必要な肥料を作っている従魔なので、紹介は必須なのだ。

「なるほど。そういうことならお願いしたいが、気をつけるんだよ？」

「はい。ありがとうございます。行こうか、レオ、ルナ」

「ガウ！」

「ミー！」

こうして俺は、ナイルさんに見送られながら、レオとルナと一緒に魔の森へと出掛けた。


魔の森では最初にグースを迎えに行く。

ゴンコがいるのは、花畑の奥だからだ。

「グース！」

「モギュ？　モグモグー！」

花畑についた俺が声を掛けると、中央からひょっこりとグースの顔が飛び出した。

花畑にモグラ、意外な組み合わせだが、これはこれで、とても絵になる光景だ。

「ミーミー！」

「なんだ、ルナ？　ここで遊びたいのか？」

きれい好きなルナは、野花を愛《め》でることも多かった。

これだけ美しい花畑は見たことがないようで、昨日はこらえていたようだが、今日は我慢できないようだ。

「そうだなぁ……うん。帰りもここを通るし、それまでなら遊んでいても構わないよ」

「ミニャー！　ミニャニャー！」

ルナにしては珍しく、とても興奮しているように見えた。

「レオは俺と一緒な。さすがに俺一人だと、何かあった時に対処できないから」

「ガウ！」

ルナとは正反対の性格をしているレオは花畑を見ても興奮しておらず、俺と一緒だと聞いてむしろ喜んでいた。

「迎えに来ておいてなんだけど、グースもルナと一緒に待っていてくれ。ここのことは、グースの方が詳しいだろ？　ルナを案内してあげてほしいんだ」

「モグ！」

「ミーミー！」

グースがルナに声を掛けると、彼女も嬉しそうに鳴いた。

それから俺とレオは先へと進み、魔獣に遭遇することもなくゴンコのもとに到着した。

大きく丸い肥料の塊が、いくつも置かれている。

「うおっ！　……す、すごい量だな、ゴンコ？」

「ギギャ！　ギッギギー！」

どうやら俺の役に立ちたいと、夜通し肥料を作り続けていたみたいだ。

「ありがとう、ゴンコ。だけど、大変だったんじゃないか？」

「ギッギギー！」

「大丈夫だって？　分かったけど、無理は禁物だぞ、いいな？」

俺自身、前世は過労により倒れたっぽいので、こちらの世界では無理なく暮らしていきたい。

できれば村の生活水準を向上させて、快適なスローライフを送るなんてどうだろう。

最初こそ大変だろうけど、達成できればこれほど楽なものはないはずだ。

「従魔たちにも無理はさせたくないからな。俺も頑張らないと！」

「ギッギギッギー！」

「え？　ゴンコが運んでくれるって？　……この、俺の身長以上の大きさの肥料を？」

……マジで？

俺が驚きの声を漏らしていると、ゴンコはフンコロガシのように後ろ足を肥料へ向け、そのまま逆立ちの体勢を取る。

「えーっとー……そ、それじゃあ、村へ行こうか」

「ギギ！」

すると、ゴンコは後ろ足で巨大な肥料を転がしながら歩き始めた。

どうやらゴンコの後ろ足は、見た目以上の力を持っているようだ。

俺はものすごーく楽なんだが、結局はゴンコを酷使《こくし》してしまっているよな、これ。

どこかでゴンコを労《ねぎら》おう、そう心に決めながら、俺は肥料を転がすゴンコの隣を歩く。

「それにしても、昨日はここに来るまでに結構疲れていたけど、今日はそうでもないな？」

昨日は道も初見だったたし、レオとルナもはしゃいでいたから、それが関係しているのだろうか。

でも、それにしても体が軽いような……まあ、いいか。

村に残ることができれば、これから何度も魔の森に足を踏み入れる機会が増えるだろう。

体力がついたならいいことだもんな、うん。


途中でルナとグースと合流した俺たちは、一人と四匹で村に戻ってくる。

すると入り口でナイルさんが待っていてくれた。

その隣にはルミナさんとティナもいて、どうやら家族総出で土の改善を見守るつもりのようだ。

「お待たせしました」

「私たちが待ちきれずここで待っていただけだ、気にしないでくれ」

ナイルさんはそう口にすると、肥料を転がしていたゴンコへ目を向ける。

「そちらが肥料を作っている従魔だね？」

「はい。黄金コロガシのゴンコです」

「オ、黄金コロガシだって⁉」

「どわあっ⁉」

え？　そこが驚くところなのナイルさん？　黄金コロガシが⁉

「おっと！　いや、失礼したね」

「いえ……でも、黄金コロガシって、そんなに驚くような魔獣なんですか？」

「もちろんだよ！　黄金コロガシがいれば、その土地の作物が枯れることはないと言われているくらい、農業をする者から見れば最高の魔獣なんだ！」

なんと、黄金コロガシがそんなにもすごい魔獣だったとは。

……そんな魔獣に、ゴンコなんて名前を付けてよかったんだろうか。

「ただ、最高の魔獣ではあるものの、目撃例も極めて少ない魔獣なんだよ」

「そうだったんですね」

「しかし、リドル君はそんな黄金コロガシをテイムしてしまったんだね」

「そうですね、しちゃいました」

だって、グースが紹介してくれて、意外と簡単に見つかっちゃったものですからね。

「さすがは、オンリーと名のつくスキルを授かった者だよ」

「え？　オンリーに何か意味があるんですか？」

思わず問い掛けてしまった。

「知らないのかい？　オンリーという言葉を持つスキルは、神に愛された者に与えられるスキルだと言われているんだよ？」

「……えっと、知りません、でした」

「まあ、リドル君の境遇《きょうぐう》を見るに、ブリード領主も知らなかったんだろうね」

確かに、父さんからもそんな話を聞いたことはない。

もしかするとこの話は、時代を重ねていくにつれて、大きな都市では忘れられてしまった内容なのかもしれない。

今もなお授かったスキルを尊重しているここだからこそ、忘れられることなく伝えられてきたんだろうな。

「……ありがとうございます、ナイルさん」

「ん？　急にどうしたんだい？」

「なんていうか、自分のスキルに自信が出てきました！」

小型オンリーテイムにも使い道があるのだと、ここでなら誰かのために役に立てるのだと、そう言ってもらえた気がしたのだ。

すると、ナイルさんは笑顔になる。

「私はただ、自分の知っていることを口にしただけさ。それじゃあ、畑に向かおうか」

「はい！」

そうして俺たちは屋敷の畑まで歩き出す。

その間、ゴンコが転がしている巨大な肥料の塊に村人たちからの視線が集まっていたが、ナイルさんが一緒にいるからか、特に指摘の声は上がらなかった。

「リドル君。土の改善が本当に叶えば、村のみんなにもその土を分け与えていいだろうか？」

するとナイルさんから、そんな質問が口にされた。

「もちろんです。村全体の生活を豊かにするのが、俺の目標なんですから」

「……ありがとう」

そう口にしたナイルさんは、それ以降は何も言わなかったが、その表情は決意に満ちていた。

畑に到着した俺は早速、ナイルさんに確認を取る。

「ナイルさん。まずは畑を耕して、土と肥料を混ぜていこうと思うんですが、現在植えている作物とかはありますか？」

「恥ずかしながら、今は完全に土が枯れてしまっていてね。種の節約のためにと、何も植えていないんだ」

その判断は正しいと思う。

土が悪ければ作物が育たないということは、素人の俺にも分かることだ。

それが分かっていて種を使っていては、いざという時に育てる種がなくなってしまう。

「分かりました。グース、まずは肥料を混ぜ合わせやすいよう、畑を耕してくれるか？」

「モグ！」

俺がグースに指示を出すと、グースは短い手でドンと胸を叩き、すぐに取り掛かってくれた。

地面に潜るとすぐに畑に顔を出し、乾燥し硬くなった土をいとも簡単に耕していく。

これにはナイルさんだけでなく、ルミナさんとティナも驚きの表情を浮かべている。

……まあ、俺も驚いているんですけどね。

「グース、すごいじゃないか！」

驚きの気持ちそのままに声を掛けると、グースは嬉しそうに体をくねらせ、残りの畑もあっという間に耕していく。

その間、俺たちは何もしないわけではなく、グースが耕してくれた畑に肥料を混ぜる作業を行っていくつもりだ。

ナイルさんはゴンコと俺を交互に見つめてから尋ねる。

「先ほどからゴンコが運んでくれている土、これが肥料なんだね？」

「はい。この肥料を畑の土と混ぜ合わせていきます。これはさすがに手作業になるかな」

「ギギャ！　ギギー！」

「え？　お前もできるのか、ゴンコ？」

ようやく俺たちの仕事だと思っていると、ゴンコから自分も手伝うという返事が返ってきた。

「どうしたんだい、リドル君？」

「えっと、肥料を混ぜ合わせる作業は任せろと、ゴンコが……」

ナイルさんにゴンコの言葉を説明した。

その後、ゴンコは早速動き出す。

「ギッギギー！　ギッギギー！　ギッギギッギギー！」

何やら鼻歌のようなものを口ずさみながら、ゴンコは畑に必要な分の肥料を器用に取り分け、それを転がしながら耕した畑へ向かっていく。

そのあとを追い掛けるナイルさん、ルミナさん、ティナを見て、俺は思わず笑みを浮かべた。

「ほうほう、まずは肥料を畑の表面に敷き詰めるのか」

「あら、あなた。そのあとに肥料と、乾燥した土を混ぜ合わせているわ」

「ゴンコ、器用だねー！」

「ギギ！　ギッギギー！」

ナイルさんとルミナさんはゴンコの作業を見ながら意見を交わし、ティナに至ってはゴンコに声を掛け、それに対してゴンコも返事をしている。

この一人と一匹、互いの言葉は分かっていない、よね？

……ともかく、グースとゴンコの作業は流れるように進んでいき、気づけばナイルさんの畑は一時間ほどで生まれ変わっていた。

以前の乾燥した状態とは比べ物にならないほど、土がふかふかになっているのだ。

「……なんと、あっという間に見違えてしまったよ」

「……従魔がいると、畑を耕すのも、土を混ぜるのも、こんなにも簡単なのね」

「グースもゴンコもすごーい！」

驚きの声を上げるナイルさんとルミナさん。

そしてティナは手放しでグースとゴンコを褒めてくれた。

グースとゴンコはまんざらでもないようで、照れたように頭を掻いている。

「それじゃあ、ナイルさん。種を植えていただけますか？」

「はっ！　そ、そうだね！　うん、すぐに持ってこよう！」

グースとゴンコの手際に見惚れていたナイルさんは、俺の言葉にハッとすると、急いで屋敷に走っていく。

しばらくして戻ってくると、その手には数種類の種が握られていた。

「ルミナ、ティナ、手伝ってくれ！」

「もちろんよ！」

「はーい！」

作物を育てられるという希望を抱いてくれているのだろう。三人の声には元気があった。

俺も嬉しくなって、三人に近づく。

「俺も手伝います！　種のまき方を教えてください！」

「それでしたら私も手伝いましょう」

「うわっ!?　……ルッツさん、いつからいたんですか？」

ずっと姿を見ていなかったルッツさんの声が背後から聞こえ、思わず驚きの声を上げてしまった。

「ナイル様が種を取りに来たので、一緒にこちらへ来させていただきました」

「な、なるほど、そうだったんですね」

俺が苦笑いを浮かべていると、ティナが近づいてきた。

「二人には私が教えてもいい？　お父さん、お母さん！」

「もちろんだ。お願いするよ、ティナ」

こうして俺とルッツさんは、ティナに種の植え方を教えてもらいながら種まきを手伝っていく。

その間、グースとゴンコは一休みだ。畑の端の方で何やら雑談している。

新しい小型従魔同士の交流……まぁ、二匹は元々知り合いだったわけだが。

とはいえ俺から見るとレオとルナ以外の従魔が交流しているのは新鮮で、まだまだ小型従魔を増やしたいという気持ちに駆られる。

だってグースもゴンコも、レオやルナとは違う可愛さがあるんだもんなぁ。

そんなことを考えながら種まきを進めていく。

畑を耕し、栄養豊富な土を混ぜ合わせるよりも時間が掛かってしまったが、種まきは俺たちの手で完了した。

「……頼む。発芽してくれよ」

畑を見つめながら発せられた、言葉を繕《つくろ》わないナイルさんの願いが、俺の耳にも届く。

……そうだ。発芽しないと、スタートラインにすら立てないんだ。

俺も不安になり、ナイルさんに尋ねる。

「発芽までは、どれくらいの日にちが必要なんですか？」

「そうだな……右側の畑は早くて三日、左側は五日くらいだろうね」

早くて三日か。

ということは三日後に、俺がこの村に残れるか否かが決まると言っても過言ではない。

ナイルさんとは少しだけ意味合いが違ってしまうけれど、俺も発芽を強く願いながら今日一日を過ごしたのだった。

◆◇◆◇

そして、翌早朝。

「――な、なんじゃこりゃあああっ⁉」

突如、屋敷の裏手からナイルさんの叫び声が聞こえてきて、俺は飛び起きてしまった。

「今のは、ナイルさんの声⁉」

裏手ということは、畑のある場所だ。

まさか、嘘だろ？　ダメだったのか？　俺はこの村からも追放されるのか？

「行ってみましょう、リドル様！」

そんなマイナスな考えだけが頭を埋め尽くす中、同じく飛び起きていたルッツさんと共に裏の畑へと向かう。

「どうしたんですか、ナイルさ……ん…………え？」

畑へやってきた俺たちが見たものは、想定とは完全に逆の景色だった。

「……も、もももも、もう実っているだってえええぇぇええぇぇっ⁉」

そう、実っていたのだ。

早くても発芽で三日と言われていた作物が、発芽を通り越して大きく成長していたのだ。

はっきり言うけど、これは完全に予想外だ。

しかも、早くて三日と言っていた作物だけではなく、五日と言っていた作物まで育っているのだ。

「ど、どどどど、どういうことですか、ナイルさん！」

「それは私が聞きたいよ、リドル君！」

「いやはや、これは驚きましたね」

興奮しっぱなしの俺とナイルさんとは違い、ルッツさんは冷静に畑の様子を眺めている。

そこへ遅れてやってきた、ルミナさんとティナの声が聞こえてくる。

「あなた、どうしたの……え？」

「うわー！　お父さん、すごいね！　もう育ったの？」

畑の状況を見て唖然《あぜん》としてしまったルミナさんとは違い、ティナは嬉しそうに声を上げた。

「……いや、育ったというか……」

呆然としたナイルさんを見ながら、俺は思わず呟く。

「……もしかして、ゴンコが作ってくれた肥料が、作物の成長まで促してくれたのかも？」

「いやいやいやいや！　だからといって一日で発芽を通り越して、食べられるまで育つなんて、あり得ないだろう！」

……だよなー。俺も自分で言ってみて、おかしいなって思うもんなー。

だけど、目の前には実際に育った作物があるんだから、実った事実は疑いようがないんだよね。

「……と、とりあえず、食べられるか試してみますか？」

俺が提案すると、ナイルさんはドキドキした様子で頷く。

「……う、うむ、そうだね。育っているからといって、食べられなければ意味がないからね」

そしてゆっくりと畑の方へ歩いていき、野菜を一本抜いた。

パッと見ではカブのように見える白い作物だ。

「あなた、お水です」

「あぁ、ありがとう」

すぐにルミナさんが桶に水を入れて運んでくれ、その水で土を洗い落としていく。

「……では、一口」

しばらくカブを見つめていたナイルさんだったが、意を決してそのままかぶりついた。

――シャキ。

こちらまで聞こえてきたカブをかじる音に、俺たちはゴクリと唾《つば》を呑み込んでしまう。

「……な、なんだこれは！」

「どうしたんですか、あなた！」

突然大声を上げたナイルさんに、ルミナさんが慌てて声を掛けた。

「う、美味い！　美味すぎる!!」

「「「……え？」」」

まさかの発言に、俺たちはポカンとしながら声を漏らしてしまった。

その後、ナイルさんは勢いよくカブを食べ進めていき、あっという間に一本を食べ終わってしまった。

「はっ！　す、すまない！　あまりに美味しすぎて、食べる手を止めることができなかった！」

「わ、私たちもいただきましょう、ティナ！」

「わーい！　リドルもルッツさんも、一緒に食べよう！」

早く食べたかったのだろう、ルミナさんは大急ぎで四本のカブを畑から抜くと、桶に突っ込んで土を洗い落としていく。

そしてティナや俺たちに手渡すと、四人同時にかぶりついた。

「……マジか！」

「……これは！」

「……なんてことなの！」

「……ん〜！　美味しいね〜!!」

思わず声が出てしまうくらいに、ものすごく美味しいカブだった。

ブリード家にいた時にも食べたことがないくらいみずみずしく、そして深い味わいのカブに、自然と笑みがこぼれてしまう。

すると、一足先に食べ終わっていたナイルさんが勢いよく口を開く。

「カブがこれだけ美味しいんだ、他の野菜もきっと美味しいぞ！」

「あなた、味見しましょうよ！」

「私もー！　ねえ、私もしたいー！」

それから俺たちは、早朝から育った作物の試食会を行うことにした。

今回種を植えていたのはカブ、トマト、ニンジン、レタスの四種類。

カブは最初に食べていたので、残る三種類の作物を人数分だけ収穫する。

「それじゃあ、全員にいきわたったわね？」

「「「はーい！」」」

ルミナさんの確認に、全員が返事した。

「それでは皆さん、ご一緒に！」

「「「「いただきまーす！」」」」

………う……うう……うめえええええぇぇっ!!

なんだよ、このトマト！　さっきのカブもみずみずしかったけど、その比じゃないくらいに水分量が多くて、とにかく甘い！

こんなにも甘くてジューシーなトマトは、前世でも食べたことがないぞ！

感動しているのは俺だけではないようで、ルッツさん、ナイルさん、ルミナさん、ティナも次々に感想を口にする。

「これは、素晴らしすぎますね！　王都でも食べたことがない味わいです！」

「まさか、この土地でこんなにも美味しい野菜が食べられるとは……」

「うふふ～。黄金コロガシ……いいえ、ゴンコとグースのおかげね～」

「こんなに美味しいお野菜初めて！　今度、ゴンコ、グースにお礼を言わなきゃだね！」

昨日の種まきが終わったあと、ゴンコとグースは自分の縄張りに帰っていった。

俺もそれを止めることはしなかった。なんせ、昨日の今日で実るとは思っていなかったからだ。

これだけ美味しい野菜が実ったのだから、ゴンコとグースにも食べてもらいたい。

「あ、あの、ナイルさん！　あとでゴンコとグースにも持っていってやりたいので、少しだけ分けてもらうことはできますか？」

「もちろんだよ！　むしろ、そうしなければならないのは私たちの方だからね！」

俺のお願いを聞いたナイルさんは、それが当然だという感じで答えてくれた。

……いいな、この感じ。やっぱり小型従魔にだって、できることはたくさんあるんだ。

というか、今回のこの美味しい野菜たちは、小型従魔じゃないと作れなかっただろう。

「……嬉しいな、こういうのって」

思わず呟くと、レオとルナが羨ましそうにこちらを見てきた。

「ギャウ～」

「ミィィ～」

「……そうだよな。お前たちも食べたいよな！」

「はいはい、これを食べさせてあげて。小さく切ってあるから、食べやすいはずよ」

俺はいつの間にかルミナさんが用意してくれたカット野菜を受け取り、二匹に差し出す。

「お前たちが森で護衛してくれたから作れた野菜だ。ほら、食べてみて」

「ガウ！　ガフガフフフ！」

「ミー！　ミーミミー！」

一口食べた瞬間から野菜の美味しさに気づいたレオとルナは、勢いよく食べ始める。

人間だけではなく魔獣にとっても、この野菜はとても美味しいものだったようだ。

「うおっ⁉　どうなってんだ、こりゃ？」

「いったい何があったんですか、村長！」

「すごーい！　ねえ、ティナちゃん！　私たちも食べてみたいよー！」

すると、村人たちもナイルさんの畑の変化に気づいたのか、ぞろぞろと集まってきた。

「説明はあとだ！　まずはみんな、これを食べてみてくれ！　美味いぞ！」

「これも全部、リドルさんと、その従魔たちのおかげなの！」

「強くて！　可愛くて！　お野菜を作るのも上手なんだよ！」

それからしばらくの間は育った野菜を村人へ分け与えた。みんなも美味いと口にしながら食べてくれる。

今はまだナイルさんの畑だけだけど、村の畑を全て改善できるように頑張らないとな。

……それとね、ティナ。強いのはついでで、俺の従魔は可愛いが一番だからね！

「頼む！　俺たちの畑も、改善してほしいんだ‼」

試食会のあと、俺たちはそのままナイルさんの屋敷に集まっていた。

そして今、村人代表として、コーワンさんという方から畑の改善を懇願《こんがん》されているのだ。

まあ、あれだけ美味しい野菜を食べたあとなら当然のお願いだろう。

俺は力強く頷く。

「もちろんです。俺はそのために、領主としてこの村へ来たんですから」

「……りょ、領主様、だって？」

「そういえば、まだ私たちにしか説明していなかったね」

ナイルさんの言葉にハッとさせられる。

この屋敷に来てからすぐ、畑の改善のために動き出したので、村人たちに俺が来村した理由を伝えていなかった。

そこで俺は、この村に来た経緯をコーワンさんに説明していく。

「……なんだそりゃ？　そのスキルの何が悪いってんだ？　というかむしろオンリーなんだろう？」

「あはは。そう言われると、そうなんですけどね」

ナイルさんたちだけではなく、村の人たちもみんなが、小型従魔は悪だとは思っていなかった。

俺は内心で、ものすごくホッとしてしまう。

「ってーことはなんだ？　ブリード家が領主様を追い出してくれたから、あんなに美味い野菜が食べられたってことか？」

「おい、コーワン。言い方があるだろう」

俺を気遣ってか、ナイルさんがそう言ってくれた。

しかし、俺は気にせずに答える。

「あはは。いいですよ、気にしないで。俺も堅苦しくされるよりは、そっちの方が皆さんと話しやすいですし」

するとコーワンさんは笑いながらナイルさんの肩を叩く。

「だってよ！　がはははは！」

「いや、しかしだなぁ……」

なんだか豪快な人だな、コーワンさんは。

だけど、嫌な感じは全くしないんだから、不思議なものだ。

おっと、それより今はまず、村人たちの畑を改善する話をしなければならない。

俺は纏めるように告げる。

「まずは俺のことを信用してもらうために、村長であるナイルさんの畑を改善しようとしましたが、こちらは大成功でした」

「あぁ。正直、今でも信じられない気持ちだよ」

「そこで次は、コーワンさんからもあったように、村の他の畑を改善したいと思っています。ただし、一日にできる作業量は決まっているので、改善する順番とかはナイルさんとコーワンさんにお任せしてもいいでしょうか？」

俺はここに来て、まだ四日だ。

どこの畑からやっていくとかは、以前から住んでいる人に決めてもらった方がいいだろう。

するとナイルさんもコーワンさんも頷く。

「任されたよ」

「ちなみに、一日でどの程度できそうなんだ？」

「ゴンコがどれだけ肥料を作れるかにもよるんですが、作業だけで見ればナイルさんの畑くらいの大きさなら、休憩を挟みながら一日で六軒分はいけると思います」

俺がそう伝えると、二人は驚きの顔を浮かべた。

「……あれ？　足りませんでした？」

「いやいや、違うよ、リドル君！　あの面積で六軒分だなんて、すごいと思っていたんだよ！」

「その通りだぜ！　俺たちがやったら、自分のところで手一杯になっちまうからな！」

なんと、そうだったのか。

でもまあ、確かに速かったよな。グースが耕して、ゴンコが土を混ぜ合わせる作業。

一時間くらいで終わらせちゃってたもんな、うん。

俺は少し考えてから口を開く。

「それなら、ひとまず一日で六軒の想定でスケジュールを作っておいてください。俺はこのあと、ゴンコのところに行って肥料がどれくらい準備できているか確認してきます」

「……なあ、そのゴンコってのはなんなんだ？　リドルの従魔なのか？」

コーワンさんの問いに答えたのは、俺ではなくナイルさんだった。

「その通りだ！　ゴンコはな、黄金コロガシなんだぞ！」

「な、ななwhile、なんだって!!　オ、黄金コロガシだと!?」

ゴンコの話題でものすごく盛り上がっているところ悪いが、俺は席を外させてもらおう。

「それじゃあ一度、失礼しますね」

「あぁ。本当にありがとう、リドル君」

「お礼は必ずするからな、リドル！」

そう言ってくれたナイルさんとコーワンさんに俺は軽く頭を下げる。

「期待していますね」

そして俺はレオとルナと一緒に、屋敷の外に向かって歩き出した。

コーワンさんは本当に、気持ちがいいくらいに元気な人だったな。ナイルさんとの仲のよさも伝わってきたし。

それと、コーワンさんから「リドル」と呼ばれたのも嬉しかった。

呼び捨てではあるけれど、言葉の中に親しみが込められていた気がする。

実家で呼び捨てにされる時は乱暴な口調でしか言われてこなかったからな。

コーワンさんのためにも、畑の改善をしなければ。

「……よし、まだまだ頑張らなきゃな！　行こう、レオ、ルナ！」

「ガウガウ！」

「ミーミー！」

それから俺は、ゴンコのもとへ向かい、肥料の残量を確認する。

ゴンコは既に結構な量の肥料を用意してくれていた。

昨日ナイルさんの畑を改善してからそこまで経ってないのに、ゴンコ、マジですごいな。

……でも、えっと、ゴンコ、寝てるよね？　これはしっかりと確認しなければならない。

無理はダメ、絶対！　だからな。

◆◇◆◇

村全体の畑の改善を始めてから七日が経過した。

ナイルさんたちが作ったスケジュールに合わせて、村の畑の改善は順調に進んでいった。

だがその間、俺とグースとゴンコは忙しなく動き続けていた。

特にゴンコは、悪臭が酷いせいで村に持ってくることができない加工前の魔獣の糞を、わざわざ少し離れた場所で加工し、それを村に運んでくるという往復を何度もこなしてくれた。

ゴンコを休ませたいと思っていたのだが、結局は酷使してしまっている。

畑の改善が終わったら、グースと一緒にゆっくりと休ませてあげなければいけないな。

しかし、その結果——俺たちは村の畑、全てを改善することに成功した。

「…………お、終わったあああ～!!」

「モグゥウ～!!」

「ギギィィ～‼」

俺が感動の声を上げると、それに合わせてグースとゴンコも嬉しそうな鳴き声を上げた。

「ほんっっとうにありがとう！　グース、ゴンコ！」

労いの言葉を掛けると、二匹は恥ずかしそうに、でもどこか誇らしそうに胸を張る。

「レオとルナも、護衛してくれてありがとう！」

俺が魔の森へ足を運ぶ際、レオとルナが必ず護衛としてついてきてくれていた。

グースとゴンコだけじゃない、レオとルナも頑張ってくれていたんだ。

それに土いじりをすることが多かったこともあり、手が汚れる機会が増えていた。

そのせいで最近はレオとルナを撫でることを控えていたので、寂しい思いをさせてしまった。

……まあ、就寝前は毎回撫でまわしていたけど、今日からは思う存分撫でまわしてやるんだ！

そんなことを思いつつ、改善された畑を眺めていると、ナイルさんとコーワンさんがやってきた。

「本当に一日六軒のペースで、畑の改善をやってのけてしまうとは……」

「いやいや、村長。それ以上にやってた日もあったぞ？」

二人は驚きの声を漏らしていた。

確かに小さい畑が連続した日は、一日で七軒や八軒分の畑を改善した気がする。

……正直、ちゃんとした数は覚えていないんだけど。

「先に終わらせてくれた家でも驚きの声が上がっていたよ。私の畑と同じように、翌日には作物が育っていたのだからね」

「そりゃそうだろう！　普通はあり得ねぇことだからな！」

ナイルさんもコーワンさんもとても嬉しそうにしている。

それも全て、グースとゴンコのおかげなんだよな。

俺の従魔たち、マジで優秀だわ。

「なあ、リドル君」

「なんですか、ナイルさん？」

「今さらになってしまって申し訳ないんだが、今日の夜に、リドル君を歓迎する宴《うたげ》を村のみんな総出で開こうと思っているんだ」

「……えぇっ!!　そんな、悪いですよ!?」

まさかの申し出に、俺は驚きの声を上げた。

「なに言ってんだよ！　ここまでよくしてもらって、畑の改善が終わったら、はいさようなら、はおかしいだろ！」

「コーワンの言う通りだ。それに、最初はよそ者がなんの用だと、私も含めてみんな警戒していたからね。そのことをきちんと謝罪したいんだ。そんな意味も込めての宴なんだよ」

「そんな、謝罪だなんて。皆さんの気持ちは十分に理解していますので、謝罪は必要ありません」

ブリード家はこの地域に一切の支援をしてこなかったらしい。

そして俺は、追放されたとはいえ、ブリード家の次期当主候補だった人間だ。

以前ナイルさんに言った通り、俺は警戒されて当然であり、俺はナイルさんたちの態度が悪いと思ったことは一度としてない。

　しかし、俺の答えを聞き、コーワンさんはニヤリと笑う。

「謝罪はいらないってだけだろ？　歓迎の宴に関してはやっても問題ねぇってことだよな？」

「あー……そう言われると……」

　悩んでいる俺を見て、ナイルさんは不安な表情になる。

「ダメ、なのかい？」

　ダメというわけではないが、勝手に領地に押し掛けておいて、宴までしてもらうのは少々気が引けてしまうのだ。

　しかし、ナイルさんは真剣な表情で語り掛けてくる。

「食糧事情も改善された。改善のために尽力してくれたリドル君を労いたいんだ。参加してくれないだろうか？」

「言っておくが、リドルが参加しなくても、宴はやるぜ？　村がお前を歓迎しているってのをアピールするための宴だからな！」

「……それだと、俺の許可はいらないんじゃないですか？」

「確かにそうだな！　がははは！」

　全く、コーワンさんは本当に豪快で、強引で、気持ちのいい人だな。

　ここまで言ってもらえたら、俺も気兼ねなく参加できる。

「そこまで言っていただけるなら、ありがたく参加させていただきます。あの、従魔たちもいいですか？」

「もちろんだとも！　むしろ、そうしてくれると嬉しいよ！」

「いよーし！　それじゃあ、村のみんなに知らせてくるぜ！」

こうして今日の夜は、村でも久しぶりだという、大規模な宴が催《もよお》されることになった。


——そして、その夜。

村の中央にある大広場にて、俺の歓迎会が始まった。

多くの大人たちが収穫した野菜をその場で焼き、集まってきた子供たちへ配っている。

「うめえええええっ！」

「これすごい美味しいね！」

「そうだろう！　まだまだあるから、たくさん食べろよ！」

「こっちも焼きあがりましたよー！」

ワイワイとはしゃぐ子供たちの声を耳にすると、なんていうか、村全体の幸福度みたいなのが分かる気がするんだよな。

俺は周囲を見回し、ナイルさんに話し掛ける。

「みんな、元気いっぱいですね」

「そうだろう？　食糧が乏《とぼ》しくても、子供たちがいつもしっかり食べられるよう、村のみんなで頑張ってきたつもりだからね。しかしそれも畑の改善のおかげで必要なくなるだろう。君のおかげだよ、リドル君」

俺は広場に準備された一番大きいテーブルの中央に座らされており、隣にはナイルさんが腰掛けている。

彼も元気にはしゃぐ子供たちを見て、嬉しそうに微笑んでいた。

「俺は何もしていません。頑張ってくれたのは、俺の従魔たちです」

そう口にした俺の足元には、レオとルナ、それにグースとゴンコも集まっており、みんな収穫した野菜をたんまりともらっていた。

それぞれが野菜を美味しそうに頬張っている。この野菜、人間だけではなく、魔獣にも大人気だ。

「しかし、従魔の活躍はそのまま、従魔を使役しているテイマーの活躍でもあるだろう？」

「……俺はそうやって、言われてこなかったもので」

まあ、大型や中型の従魔をテイムしていれば、そう評価されたのかもしれない。

だけど俺は、小型のレオとルナと出会ったせいで、非難ばかり浴びてきた。

二匹が非難されるよりは俺が言われた方が全然マシだけど、だからといって言われて平気、というものではない。

俺が過去を思い出していると、ナイルさんは優しい口調で告げる。

「ここではみんなが、テイマーとしてのリドル君をきちんと見ている。従魔もそうだけど、それと同じくらいに君も素晴らしい活躍をしてくれたんだよ？」

「……ありがとうございます」

褒められ慣れていないからか、笑おうにも苦笑になってしまう。

そんな俺の態度が気になったのか、少しだけ困ったような顔を浮かべたナイルさんは、突然勢いよく立ち上がった。

「……ナ、ナイルさん？　どうしたんで――」

「みんな！　注目してほしい！」

するとどうだろう、ナイルさんは大声を出し、集まった村人たちの注目をこちらへ向けた。

「今回の畑の改善だが、誰のおかげか分かる者は声を上げてほしい！」

突然どうしたのだろうかとナイルさんを見ていると、村人たちから続々と答えが返ってくる。

「そりゃお前、グラスモグラのグースじゃねぇか？　硬い土を簡単に耕してくれたもんな！」

「いやいや、黄金コロガシのゴンコだろう！　あの肥料がなかったら、こんな美味い野菜は食べられなかったんだぜ！」

「えぇー？　レオとルナも可愛くて、可愛くて、可愛かったよー？」

おぉ、そこの女の子、分かっているじゃないか！

「だけどまあ、やっぱり一番はリドル様だよな！」

「……え？」

そこで突然、俺の名前が挙がったことに驚いてしまった。

「そりゃそうだろう。ってか、言わなくても分かるよな？」

「そうね。リドル様がいなかったら、グースとゴンコにも出会えなかったものね」

「レオとルナにもだよー！」

「リドル様、ばんざーい！」

「ありがとう、リドル様！」

「最初は疑ってしまって、ごめんなさーい！」

この場にいる誰からも、俺に対する否定の言葉が出てこなかった。

それどころか、お礼を言われ、謝られるほどだ。

その回答を聞き、ナイルさんは微笑みながら俺を見つめる。

「みんなの気持ちは伝わったかい、リドル君？　君がいなければ私たちは、こうして笑って食事をすることもできなかったんだよ」

「……はは。ありがとう、ございます。本当に、ありがとう」

まさか自分が、こんなにも褒められ、感謝される日が来るなんて、夢にも思わなかった。

ふと涙が溢れてしまったが、ブリード家の屋敷で流したような、悲しくて、辛い涙じゃない。

思わず満面の笑みを浮かべてしまうような、嬉し涙なのだから。

◆◇◆◇第四章：家屋改善◇◆◇◆

宴を夜遅くまで楽しんだ翌日。

俺は少しばかりゆっくりと目を覚ました。

のそのそと布団から出ると、身支度を整えてから胡坐《あぐら》をかく。

そして、気を引き締めて思考を巡らせる。

食糧事情はこれでどうにかなったけど、まだまだ領主としてやらなければならないことは多い。

どうしてそう思っているのか、その一番の要因は村の建物にあった。

「全部が木造で、どれも結構ボロボロなんだよなぁ」

ナイルさんの屋敷は村長の家だからなのか、比較的立派な造りをしているものの、他の村人たちの屋敷は、ボロボロのものが多かった。

雨でも降ろうものなら雨漏《あまも》りしてしまうんじゃないか、という建物もあったくらいだ。

俺が村にやってきてからはまだ雨を経験したことはないが、そうなる前にどうにか改善できればと考えてしまう。

「単純に木材で家の補強をするにしても、木造自体に限度がある気がするしなぁ」

そう呟きながら、俺は嫌々だがここに来る前のことを思い出していた。

石材をふんだんに使って建てられたブリード家の屋敷は頑丈《がんじょう》であり、雨漏りの心配など一切なかった。

それがブリード家の屋敷だけなら、まだ金持ちの家だからだと一蹴《いっしゅう》してしまえるだろう。

しかし俺がいた街の建物のほとんどは石造りだったものだから、どうしても比べてしまう。

「ガウー？」

「ミー？」

俺が考え込んでいると、膝に頭を乗せてリラックスし始めたレオとルナが、こちらを上目遣いに見ながら鳴いた。

「……よし！　考えていても何も進まないし、聞き込みでもしてみますか！」

散歩ついでに村人へいろいろと聞いてみようと思い立ち、俺はレオとルナを膝から下ろして立ち上がる。

二匹は嬉しそうに飛び跳ね、俺の足元をぐるぐると回り始めた。

「そういえば、ルッツさんが見当たらないけど、どうしたのかな？」

同じ客間にルッツさんも寝泊まりしているのだが、今日は起きた時には既にいなくなっていた。

ルッツさんも昨日は遅くまで村の人たちと話をしていたはずなんだけど、早起きなんだな。

「まあ、散歩をしていたらどこかで顔を合わせるか」

こうして客間を出た俺は、屋敷に残っていたルミナさんに声を掛けてから外に出た。


「さて、どこに行こうかな……」

屋敷を出てから左右に視線を向けた俺はしばらく考えたあと、左へ向かうことにした。

「時計回りにぐるっと散歩してみるかな」

そうして歩き出すと、すれ違う村人から何度も声を掛けられ、お礼を言われた。

俺としては領主と認めてもらうために当然のことをしただけなのだが、こうしてお礼を面と向かって言われるのは、恥ずかしいが嬉しいものだ。

「ところで皆さんは、今の時点で何か困っていることってありませんか？」

声を掛けてもらえたついでにと思い、色々な人に聞き込みしてみる。

しかし不思議なものでみんなからは同じような答えが返ってきた。

「美味い飯が食べられているし、特に何もねぇかなぁ」

「そうねぇ、私も何も不自由はしていないわ」

「いつも楽しいよー！」

そう言われてしまうと、俺としてもなかなかに動きづらくなってしまう。

しかし、パッと見でも家の壁に穴が開いているように見えるんだが、これで本当に不自由はないのだろうか。

「……もしかして、みんな今の生活に慣れ過ぎているんじゃないのか？」

村人たちと別れた俺は、そう呟きながら歩き始める。

すると、知った顔を見つけた。

「コーワンさん？」

「おう！　リドルじゃねぇか！　どうしたんだ？」

せっかくコーワンさんに出会ったので、色々と聞いてみよう。

「散歩がてら、皆さんに困っていることがないか聞いているんです。コーワンさんは何か困りごと、ありませんか？」

「困りごと？　……まあ、特にはねぇかなぁ」

「本当ですか？　屋敷についても特に不満はないんですか？」

そう聞いてみると、コーワンさんは不思議そうに聞き返してくる。

「屋敷だぁ？」

「散歩しながらもずっと気になっていたんですけど、壁に穴が開いていて、不便はないのかなって。

それに雨が降ったら雨漏りもしそうじゃないですか？」

「そりゃまあ、そうだな」

「そうだなって……それって、不便ですよね!?」

雨漏りするのが当たり前みたいに言われてしまい、思わず声が大きくなってしまった。

しかし、コーワンさんは何気ない様子で答える。

「いや、だってよ。俺たちはこの状態が何年も続いているからな。そりゃ慣れもするし、当然だって思っちまうって話だぜ」

……な、何年も、この状態なのか。

よし、決めたぞ！

「食糧事情は改善できた。やっぱり次に改善するべきは——家屋《かおく》問題だな！」

「ガウガウ！」

「ミーミー！」

俺がやる気に満ち溢れた声を上げると、レオとルナも何故か嬉しそうに鳴いた。

「ん？　なんだ、よく分からんが頑張れよ！」

そんな俺たちを見て、コーワンさんは首を傾げながらも、なんとなく拍手している。

「あの、コーワンさん！　この村の家を建てている職人さんを紹介していただけませんか？」

本当ならナイルさんに一度相談するべきなのだろうけど、せっかく目の前にコーワンさんがいるんだし、一度聞いてみよう。

すると、俺の問いに、コーワンさんはキョトンとしながら答える。

「んあ？　そりゃあお前、俺だな」

「……え？」

「だから、俺だ。この村の建物は、俺が全部造ったんだよ」

……なんと、これはさすがに予想外でした。

「コーワンさんって、大工《だいく》さんだったんですか？」

「そうだぜ！　これでも村一番の大工職人よ！　……だがまあ、資材の調達ができなさすぎて、今は細かな修繕《しゅうぜん》しかできてないけどな」

力こぶを作りながら自信満々に村一番だと言っていたコーワンさんだが、段々と声が細くなっていった。

「それは、森を縄張りにしている魔獣が凶暴だから、ですか？」

「まあな。村の近くにも木は生えているんだが、若くて柔《やわ》いものばかりでな。もっと成長を待ってからって考えているから、伐採《ばっさい》はできないんだ」

木材が必要だからといって、生育中の若木を伐採するわけにはいかないってことか。

俺はコーワンさんの説明を聞き、思わず呟く。

「うーん、さすがに今いる従魔だけだと、森の木を伐採しても村まで運ぶのが難しいんだよな」

「運ぶだけなら、護衛がいれば男手を連れて運べるんだがな。人数が多くなれば、護衛も大変だろう？　それを考えると、なかなか森へは足が向かないんだよ」

小型の魔獣も数がいれば木材くらいは運べるだろうけど、それでも効率は悪い。

重たいものを運ぶなら、中型や大型の魔獣に頼るのが世間的にも普通だ。

「小型で力持ち、そんな魔獣がいてくれたら、俺でもテイムできるんですけど、そんなのがいるとは思えないですしね」

「グースだったり、ゴンコだったり、小さくても畑の改善をやってのけた小型魔獣がいたんだ。そう悲観的にならんでもいいんじゃないか？」

……確かに、コーワンさんの言う通りだ。

魔の森という未知の場所には、俺が想像もできないような魔獣が生息している可能性もゼロではないだろう。

ならば、俺がやるべきことは一つだけだ。

「よし、小型で力持ちな魔獣を探しに行くしかないな！」

「おっ！　それなら、もしそんな魔獣がいたら、木材もそうだが石材も欲しいな！」

俺が宣言すると、すぐにコーワンさんが希望を口にしてきた。

これ幸いと俺は答える。

「実は俺も石材が手に入ったら、それで村の家屋を立て直してもらいたいと思っていたんです」

「……む、村の家屋って、全部をか!?」

「はい。もちろん。当然俺も手伝います。石材が手に入るということは、力持ちの小型魔獣がいるってことですからね。きっと家屋を建てるのにも役立ちますよ」

すると、最初は驚いていたコーワンさんは、ゆっくりと口を開く。

「……まあ、資材があればやってやらんこともないな」

「本当ですか！」

「そりゃ、領主様が頑張ってくれるんなら、俺たちも頑張らなきゃならんだろう！」

コーワンさんはそう言って、豪快に笑った。

「……ありがとうございます」

「がははははは！　なんだ、その照れたような顔は！　さっきみたいに、子供みたいに笑え！　領主とはいっても、まだまだ子供なんだからな！」

コーワンさんは再び豪快に笑いながら頭をガシガシと撫でてくれた。

そして、踵《きびす》を返して歩き出す。

「そんじゃまあ、俺は資材が届くことを信じて、修繕の準備をしておくぜ！」

「はい！　よろしくお願いします！」

俺の言葉に、コーワンさんは背中を向けたまま手を振ってくれた。

「……よし、行こうか！　レオ、ルナ！」

「ガウ！」

「ミー！」

そして俺は、散歩を取りやめたその足で村の入り口へと向かう。

すると、入り口の前で旅支度を済ませたルッツさんを見つけた。

「ルッツさーん！」

「あぁ、リドル様。よかった、お屋敷に戻ったら不在だったので、ご挨拶できないまま村を離れることになるところでした」

「えぇっ!?　ルッツさん、村を離れるんですか？」

ルッツさんがいなければ、俺は村に到着することができなかっただろう。

道中も色々と助けられ、教えられてきた。そんなルッツさんがいなくなってしまうなんて。

でも、元々流れの商人と言っていたし、彼は長く一つの場所にとどまるタイプではないのかもしれない。

すると、ルッツさんは俺の気持ちを見透かしたように笑う。

「ふふ。寂しいですか、リドル様？」

「それは、そうですよ。ルッツさんがいなかったら、俺はここにいませんからね」

「そう言っていただけると嬉しい限りですね。ですが、ご安心を。また戻ってきますので」

「……そうなんですか？」

ルッツさんには何度も助けられたからだろう、戻ってくると聞いてホッとしている自分がいた。

「実のところ、野菜の収穫量が予想以上だったようでして、私の方で余分なものを購入させていただきました」

「もしかして、売りに行かれるんですか？」

「その通り！　私も商人ですからね。商機がそこにあれば、動きたくなるのですよ」

ニコリと笑ったルッツさんは、腰の魔法鞄を軽く叩いた。

「もちろん、こちらの村の宣伝もさせていただきます」

「それはありがたいです」

「なので……次に私が訪れる時までに、村の名前を決めておいてくださいね」

……え？　村の、名前？

「乗合馬車を引いていた馬も、こちらの野菜を食べて元気になってくれたようでよかったです。それでは私は失礼いたします」

「え？　あ、はい！　お気をつけて！　また来てくださいねー！」

近くに止めていた馬に華麗《かれい》に跨《また》がったルッツさん。

軽く手を振りながら、村をあとにしていった。

「……寂しくなるな。だけど、次にルッツさんが来た時には、今の村とは全然違う村を見せつけて、驚いてもらわなきゃだな！」

そう言って、自分を元気づける。

しかし、村の名前かぁ。

というか、村の名前ってないのかな。

今度時間ができたら、ナイルさんに聞いてみるとするか。

そんなことを考えながら、俺はレオとルナと一緒に森へ入っていった。


そして……森に入ってから、三時間が経過した。

その間、俺は森の中を歩き続けており、レオとルナも楽しそうに自由に森の中を駆け回っている。

だが、自分たちが俺を守らなければ！　という思いが強くなったようで、必ず一匹は俺の傍にいるようになっていた。

……なんてこった。子供だと思っていたレオとルナが、気づけば自分たちで考えられるほど成長していたなんてね。

嬉しい限りだよ……うん、二匹の成長に関してはね！

でも――

「どうしよう！　小型魔獣が、ぜんっぜん見つからない！」

「ミー？」

俺が頭を抱えながら声を上げると、足元にいたルナがこちらを見上げながら首を傾げた。

「やっぱり、グースとゴンコの時は、運がよかったんだなぁ」

グースとゴンコの時のように、今回もすんなり見つかってくれないかなと、心のどこかで期待してしまっていた。

だが、現実ではそんなこともなく、俺はただ森の中を歩き続けているだけになっている。

「そもそも、魔の森に小型魔獣の縄張りなんて、ほとんどないのか？」

小型魔獣だから弱いとは思わない。実際にレオとルナは、自分たちより何倍も大きい魔獣を倒しているんだからな。

だけど、それはあくまでレオとルナだからだ。

世間一般的に見れば、やはり大型魔獣の方が力もあり、強いというのが普通とされている。

凶悪な魔獣の多い魔の森では、小型魔獣も暮らしにくいのだろう。

「そろそろお昼の時間だし、一度は村に戻らないとナイルさんたちを心配させるよなぁ」

村から森に入り、結構奥まで歩を進めてきている。

そろそろ戻らないとマズいのは分かるが、ここまで来たらギリギリまで探しておきたい、という気持ちもある。

しばらくその場で考えた結果――

「……よし、もう少し奥まで行ってみるか！」

俺の決断にルナが嬉しそうに飛び跳ねる。

まだまだ走り足りないのか、続けてその場でぐるぐると回り始めた。

「ガウガウ！」

「うおっ！　……どうしたんだ、レオ？」

すると突然、前方からレオが戻ってきて、俺に飛びついてきた。

レオを受け止めながら聞いてみると、すぐに腕の中でバタバタと暴れ出す。

「とっとと！　マジでどうしたんだ、レオ？」

「ギャウ！　ギャギャウ！」

「えっ！　何か見つけたって！」

その言葉を聞き、俺は急いでレオが飛び出してきた方向へと走っていく。

いったい何を見つけたのかは分からなかったが、レオもルナも俺が探しているものを理解しているはずだ。

「ガウ！　ガウガウ！」

つまり、小型魔獣の痕跡《こんせき》である可能性が高い！

そしてある程度走ったところで、俺は目的のものを見つけた。

「はぁ、はぁ、はぁ……こ、これは！」

俺の手のひらよりも小さい足跡が、地面に残されていた。

しかも、それだけではない。

その足跡は、とても深く、しっかりと残されていたのだ。

「これだけ深いってことは、この魔獣はかなりの重さをしているに違いない！　ということは、力持ちの魔獣かもしれないぞ、レオ！」

この場に案内してくれたレオを抱き上げ、そのまま撫でまわしていく。

するとレオもまんざらではないのか、とても嬉しそうに顔を寄せてくる。

「ミィ……ニイッ！　ニニィー!!」

「あっ！　ちょっと、ルナ！」

すると今度はルナがいきなり駆け出してしまった。

駆け出す前に羨ましがるような鳴き声を漏らしていたので、もしかするとレオに嫉妬《しっと》してしまったのかもしれない。

「追い掛けよう、レオ！」

俺は慌ててレオを地面に下ろすと、一緒になってルナを追い掛けていく。

ルナの向かった先には、レオが見つけてくれた足跡が続いている。

もしかするとルナは、足跡の主を見つけようとしてくれているのかもしれない。

「これは、ルナのことも、褒めてやらないと、いけないいな！」

足跡の主を見つけてくれたらもちろん褒めてあげるに決まっている。

むしろ、褒めることで撫でまわしてもいいなら、それは俺得でもあるのだ。

だけど、ルナ？　ちょっとだけでいいから、お願い！

「そ、速度を少し、落としてくれ～！」

既に疲労困憊の俺は、へとへとになりながら先頭を突っ走っていくルナを追い掛け続けた。

「シャアアッ!!」

ルナを追い掛けていると、突然威嚇《いかく》するような鳴き声が聞こえてきた。

声の主がルナだとすぐに分かった俺は、レオへ指示を出す。

「周りに魔獣がいなければ、レオもルナのところに行ってくれ！」

「ギャ！　ガルアッ！」

いない、行く！　と簡潔に答えてくれたレオは、一気に前へ駆けていく。

レオに行ってくれと言ったものの、やはり一人では心細い俺も急いで二匹のもとへ向かう。

「シャアアアアッ！」

「ガルアアアアッ！」

「……もしかして、何かと戦っているのか？」

レオとルナの猛々《たけだけ》しい鳴き声を聞き、俺は茂みの中から声のした方をこっそりと覗《のぞ》き見る。

そこでは、猪に似た巨大な魔獣が鼻息を荒くして二匹を睨みつけていた。

「で、でかいな。……あれ？　でも、レオとルナの後ろにも魔獣がいないか？」

巨大な猪が目立ち過ぎて気づくのに遅れてしまったが、レオとルナの後ろには小さな魔獣が、頭を抱え縮こまっているのが見えた。

間違いなく小型魔獣なのだが、どんな魔獣なのかが遠目からだとよく分からない。

「猪の魔獣をレオとルナが倒したら、行ってみるか」

二匹が守りながら猪の魔獣と戦っているし、おそらくあの小型魔獣が足跡の主なのだろう。

だけど……うーん。やっぱり遠目からだし、蹲《うずくま》っているから姿がはっきり見えないな。

『ブボオオオォォッ!!』

そんなことを考えていると、猪の魔獣が雄叫びを上げた。

直後にはルナとレオが左右に分かれて駆け出し、それを猪の魔獣が迎え撃つ。

鋭く、逞《たくま》しい角が鼻の両脇から生えている猪の魔獣。

二匹を迎撃するべく、大きく首を振り回していた。

しかし、速さの優位を活かしたルナとレオが巧みな動きで角を回避し、鋭い爪《つめ》と牙《きば》で攻撃を仕掛けていく。

「おぉー！　頑張れー！　負けるなー！　ルナー、レオー！」

俺は隠れながら、小声で二匹の応援をしていく。

大声を上げたいのだが、魔獣に気づかれてこっちに来られては目も当てられない。

テイマーとして、従魔の足を引っ張ることだけはしたくないのだ。

『ブボッ⁉　ボブブ、ブボオオオオォォッ‼』

小型魔獣を相手に劣勢になるとは思っていなかったのか、猪の魔獣は驚愕の声を漏らしている。

「アオオオオオオオンッ！」

驚愕した隙を見逃さなかったレオが、驚きの行動に出る。

「……え？　なんか、寒くなった？」

レオの方から冷たい風が吹いてきたかと思うと、ガタガタと震えるほどの寒さを感じた。

そして、レオの咆哮《ほうこう》と共に冷気が迸《ほとばし》り、猪の魔獣の四肢《しし》を地面ごとに氷漬けにしてしまった。

「マ、マジかよ⁉」

「シャアアアアッ!!」

動けなくなった猪の魔獣を見たルナが、レオと入れ替わるように前へと飛び出した。

するとどうだ、今度は気温が一気に上がり、ルナの方から熱風が吹きすさび始める。

そしてルナの咆哮と共に炎が顕現《けんげん》すると、それは猪の魔獣めがけて飛んでいった。

『ブ、ブブブブ、ブボオオオオォォオオオオォッ!?』

——ドゴオオオオオオォォン！

炎が命中すると同時に爆発を起こし、黒煙《こくえん》が木々の隙間を抜けて空へと立ち上っていく。

その光景を見て、俺は思わず呆然としてしまう。

…………レオもルナも、魔法まで使えたのか？

確かに、魔獣の中でも魔法を使える種族はいる。でも二匹がそうだと考えたことがなかった。

でもそういえば、二匹の種族を確認したことはなかったかもしれない。

幼い時からずっと一緒にいたせいで、種族を気にするという発想自体なかったのだ。

二匹共小型でこれだけ強いってことは、それなりに名の知れた魔獣なのかもしれない。

「どれどれ……レオがアイスフェンリルに、ルナがフレイムパンサーか」

……なるほどねぇ。

……そういえば俺、この世界の魔獣について詳しくないんだったわ。

もしかしたら有名な魔獣なのかもしれないけど、俺にはさっぱりだった。

「……恐るべし、レオとルナ」

結局、俺の思考はそこへ行き着くことになった。だって、分からないものは仕方ないのだ。

そして俺は思考を切り替え、すぐにレオとルナの後ろで震えていた小型魔獣の方へ駆け出す。

「お前、大丈夫か？」

「……グゴ？　ゴガ！　ゴガガギガ!!」

「もしかして、さっきの猪の魔獣に襲われていたのか？　もしそうなら、もう大丈夫だぞ？」

「……グゴォ？」

近くで見て初めて気づいたが、この魔獣はゴーレムだ。それも、小型のゴーレム。

体が重い鉱石でできているゴーレムだからこそ、あの深い足跡ができたのだろう。

そんな小型ゴーレムは震えながらも振り返る。

「……ゴ、ゴガガアアアアッ！　ゴガガ、ゴゴオオオオッ!!」

そして転がっている猪の魔獣を見ると、歓喜の声を上げながらその場で飛び跳ねた。

「うおっ！　どわっ！」

すると、小型ゴーレムが着地する度に地面が揺れた。

「ちょ！　おま、飛び跳ねるの、止めてくれ！」

「ゴッゴゴー！　ゴッゴゴー！」

こいつ、止まる気ねぇな！

「シャアアッ！」

「ガルアッ！」

「グゴ？　……ゴ、ゴグ～」

……た、助かった。どうやらルナとレオが注意をしてくれたようだ。

すると今度は、小型ゴーレムがこちらを見ると、丁寧に頭を下げてくる。

俺の膝くらいの高さしかない小さなゴーレムが頭を下げる仕草は……これはこれで、可愛いな。

力持ちの魔獣なのかは分からないけど、小型だし、テイムをしておきたいな。

「なあ、お前。実は俺たち、力持ちの魔獣の力を借りたくて探していたんだ。お前がそうなのかは分からないんだけど、俺にテイムされてくれないかな？　どうだろう？」

「ゴッゴゴー！」

……どうやら、即答でいいよと言ってくれたみたいだ。元気よく右手を上げてくれたからな。

「ありがとう！　それじゃあ――テイム！」

そのまま小型ゴーレムの右手に、自分の右手を重ね合わせ、テイムを完了させた。

「これからよろしくな！」

好意的な魔獣で本当に助かった。

さて、小型ゴーレムの種族はなんなんだろうか。

「……へぇ、小人ゴーレムか」

うん、見た目通りの種族だな。

続けて名前なんだけど……小人なんだし、これなんかどうだろうか？

「お前の名前は――ミニゴレ！　どうかな？」

「ゴッゴゴー！」

「気に入ったか？　それはよかったよ」

これでミニゴレが従魔に加わったのだが……力持ちだったら、なおよしだな。

とはいえ、今はそれよりも大きな問題が浮上してしまっている。

「……この猪の魔獣、どうしようかなぁ」

こういう場合、今まではルッツさんの魔法鞄に入れてもらっていたのだが、今回はそうもいかない状況だ。

「な、なあ、ミニゴレ。お前って、こいつを持って移動すること、できる？」

「グゴ？」

これを？　と返されてしまった。さすがに無理だったかな。

「いや、ごめん。無理なら無理でいいんだ。ちょっとだけ勿体ないかなって……思っただけ……だか………ら？」

「ゴッゴゴー！　ゴッゴゴー！」

……マジか、ミニゴレ。自分の何倍もある猪の魔獣を、両手で軽々と持ち上げるなんて！

これなら木材や石材も簡単に運べるだろう。

「これは結果的に、目標達成だな！」

「ゴッゴゴー！」

こうして俺は、ミニゴレという新しい従魔を仲間に加えて、村へと戻っていった。

村に戻ってくると、入り口に人だかりができていることに気づいた。

「何かあったのか？」

従魔のみんなと首を傾げながら歩いていると、何やら声が聞こえてきた。

それも、俺の名前を呼んでいる。

「お父さん！　リドルが帰ってきたよ！」

聞こえてきたのはティナの声だ。

……あっ！　しまった、遅くなったら心配されると思っていたのに、ミニゴレをテイムできた喜びでそのことをすっかり忘れていた！

「だ、だだだだ、大丈夫かい、リドル君!?」

駆け寄ってきたナイルさんは、俺と後方を交互に見ながら声を掛けてきた。

まあ、気になるよな。俺も逆の立場だったら、むしろそっちの方が気になるかもしれないし。

「大丈夫です。ちょっと考えていることがあって、従魔になってくれる魔獣を探していたんです。ご心配をお掛けしてしまい、申し訳ございませんでした」

心からの謝罪を口にし、俺は頭を下げる。

それに合わせてレオとルナも頭を下げてくれたからか、ナイルさんもそれ以上は追及することをしなかった。

「いや、無事ならいいんだ。コーワンから事情も聞いていたからね」

「コーワンさんから？」

顔を上げて聞き返すと、村の方からコーワンさんもやってきていた。

「遅いじゃねぇか！　俺がティナちゃんからお叱りを受けちまったんだからな！」

「コーワンさんが変なことを言うから、リドルが無理をしちゃったんでしょ！」

どうやらコーワンさんにも申し訳ないことをしてしまったようだ。

俺を心配して待っている間、ずっとティナに懇々《こんこん》と説教をされていたのだろう。

俺は簡単に森で何をしていたのかを説明していく。

そしてそれが終わると、みんなで一度ナイルさんの屋敷に向かう流れになったのだが――

「……この魔獣、どうしましょうか？」

大きさ的に、ナイルさんの屋敷には入るだろうけど、邪魔で仕方がないと思う。

とはいえここに放置するわけにもかない。

すると、ナイルさんとコーワンさんも同意したように頷く。

「それも、そうだね」

「しっかし、でっけー魔獣だなぁ」

すると、今度はティナが興味深げに問い掛けてきた。

「ねえ、リドル！　この魔獣、美味しいのかな？」

「どうなんだろう？」

ホーンブルなど、比較的数が多い魔獣なら食べたこともあったが、こいつは正直……なんて名前の魔獣なのかすらも分からないんだよな。

まあ猪の魔獣なら食べられると思い、俺はナイルさんを見つめる。

「とりあえず、広場に運んでおきますか？　あと、この魔獣を知っている人がいれば、解体をお願いしていただけるとありがたいです」

「手配しよう。コーワン、頼めるか？」

「任せろ！　物知りな爺《じい》さんがいるからな！　解体も俺を含めて、男衆でやれば問題はねぇ！　がははははは！」

運ぶのも大変だろうし、ミニゴレに手伝ってもらおう。

「ミニゴレ、コーワンさんについていってくれるか？」

「ゴゴ！」

「ルナはミニゴレについていって、魔獣を預けたらミニゴレをナイルさんの屋敷に案内してほしい」

「ミー！」

二匹共快く受けてくれたので、残った人たちはナイルさんの屋敷へ向かう。

そして屋敷に到着するとルミナさんが玄関で待ってくれていた。

俺は頭を下げる。

「ご心配をお掛けしました」

「いいんですよ。無事なら、何も問題ないわ」

俺のことをそこまで心配してくれるなんて、ありがたい限りだ。

今までこんな風に心配されたことなんて、一度としてなかったもんな。

そこで俺は、みんなとしっかり顔を合わせてから、改めて村の家屋をよくしたいと思っていると伝えた。

「うーむ。家屋の改善かぁ」

「私たちはあまり不便を感じたことはなかったけど、他の人たちは違うかもしれないわね」

ナイルさんとルミナさんは、どこか他人事《ひとごと》のような感じだ。

「ラグ君のお家は、雨が降ると大変だって言ってたよ？」

「「そうなの？」」

しかしティナの一言を受けて、二人は驚きの声を上げた。

俺は真剣な面持ちでナイルさんを見つめる。

「雨は体を冷やします。そこに隙間風でも吹いてきたら、大変な思いをするのは間違いないでしょう」

「確かに、その通りだね」

「それなのに村の皆さんは、今の生活に慣れ過ぎてしまって、不便を不便とすら感じなくなっているようです」

俺がそう伝えると、ナイルさんは申し訳なさそうな表情を浮かべる。

「そうだね。私たちは比較的大きな屋敷で生活をしていて、気づけなかったようだ。村長として、失格だな」

「そんなことはないと思います」

項垂《うなだ》れてしまったナイルさんを見て、俺は本音を口にしていく。

「俺が家屋の改善を思いついたのは、ナイルさんの判断で畑の改善を進めることができたからです。そうじゃなかったら、そこまで考えが及ばなかったと思います」

「……そう、だろうか」

「そうですよ。問題を解決するには、一つひとつ解決するのが普通だと思います。畑の改善ができたから、次は家屋の改善だと、俺も気づけたんですよ」

それに、同時に問題に気づけたとしても、結局は一つずつしか解決できないと俺は思っている。

なんせ俺の体は一つしかないし、従魔たちの体もまた同じだからだ。

「俺がもっとテイムできたら話は変わると思うんですが……そこは本当に、申し訳ないです」

「ど、どうしてリドル君が謝るんだ！　君は何も悪くないだろう！」

「いや、領主としてもっと上手く立ち回れるはずなんです！　なのでナイルさん！」

「は、はい！」

俺が急に力強く名前を呼んだからか、ナイルさんは素直に返事をした。

「これからもご迷惑をお掛けするかもしれないんですが、どうか支えていただけると嬉しいです！　よろしくお願いします！」

ナイルさんを励ますように言った言葉だが、本心でもある。

俺一人の力では、何もできない。そもそも従魔の力を借りているのだから、当然の話だ。

ナイルさんにルミナさん、きっとティナにも助けられることがあるだろう。

今回は既にコーワンさんの助けも借りている状況だ。

村の改善には、やはりその村を知っている人たちの助けが必要なのだ。

すると、ナイルさんは少し考え、ゆっくりと口を開く。

「……ありがとう、リドル君」

「……え？」

「こんな辺境にある村をそこまで思ってくれて、本当にありがとう」

突然ナイルさんにお礼を言われてしまい、俺は困惑してしまう。

「私たちはリドル君のためなら、どんなことでも協力するわ」

「私も！　コーワンさんにも、いっぱい文句を言ってやるんだからね！」

ルミナさんとティナも、笑顔でそう口にしてくれた。

……まあ、ティナの発言は、コーワンさんのためにも止めていただきたいけれども。

そして、ナイルさんは笑みを浮かべた。

「というわけだから、今回の家屋の改善も当然、協力させてもらうよ。むしろ、こちらからお願いするべき事案だからね」

「ありがとうございます、皆さん！」

「ミーミー！」

「ゴッゴゴー！」

そこヘルナとミニゴレが戻ってきたので、俺はミニゴレの紹介と、ミニゴレに資材を運んでもらう計画を伝えた。

しかし、この計画は時間が掛かってしまうだろう。

なんせ森の奥から資材をまともに運べるのが、ミニゴレしかいないのだ。

しかし、家屋の改善の第一歩を踏み出せたのはとても大きいはずだ。

時間が掛かってもいい。家屋の改善、絶対に成し遂げて見せる！


そして昼食を食べたあと、今度は資材を集めるためにナイルさんの屋敷を出てみたんだけど……。

「えっと……これ、どういう状況？」

屋敷の外には、ミニゴレと同じ姿の小人ゴーレムが三匹、ちょこんと立っていた。

森から帰ってきた俺がミニゴレを連れて歩いているのを見ていただろう村人たちは、三匹の小人ゴーレムが村の中を歩いていても完全スルーしている。

だけどこの三匹……俺、テイムしてないんだよな～。

すると、後ろからミニゴレが来て声を発した。

「ゴゴ！　グゴー？」

「「「ゴゴ！　ゴッゴゴー！」」」

……うん、ミニゴレはともかく、三匹の小人ゴーレムが何を言っているのかはさっぱりだ。

しかし、人手……ではなく、従魔手が足りないのは確かである。

「ミニゴレ？　三匹の小人ゴーレムもテイムしていいのかな？」

「ゴググ！」

……なるほど、問題ないらしい。

これなら力持ちの小人ゴーレムが四匹となり、手の足りない部分がだいぶ助かることになる。

それだけじゃなく、実際に建物を造り上げる時の手伝いにも役立てるし、役割分担を行うこともできる。

「それじゃあ三匹共、テイムするぞ？」

「「「ゴググ！」」」

突然のことに驚きつつも今回のテイムを済ませた俺は、小さく息を吐く。

「ふぅ。……しかし、どうして三匹はここに？　ミニゴレを追い掛けてきたのか？」

テイムが終わったので三匹の言いたいことも分かるようになったはずだと、問い掛けてみた。

「「「ゴゴー！」」」

「やっぱりそうなんだな」

「ゴゴ！　ゴグゴロロ！」

へぇ、ミニゴレは三匹のお兄さん的な立場なのか。

レオとルナがミニゴレを助けたところを見ていたようで、それで恩返しをしたいと思ってくれたらしい。

「となると、名前が必要だよなぁ……よし、ゴレキチ、ゴレオ、ゴレミでどうだ？」

「「「ゴッゴゴー！」」」

一気に三匹の名前を決めないといけなくなったので、思いついた感じで聞いてみたんだが……いいんだ。

とはいえ、これで、従魔手は四倍だ。

「よし！　それじゃあ四匹になったし、石材班と木材班に分かれた方がいいかもしれないな。ひとまず、コーワンさんに確認してみるか」

というわけで、俺はコーワンさんの屋敷へと向かう。

「おっ！　リドル！　……って、増えてねぇか？」

「えっと、そうですね、増えました」

俺が答えると、ゴレキチ、ゴレオ、ゴレミが手を上げて挨拶をしている。……なんだろう、これはこれで、可愛いな。

俺はコーワンさんに経緯を伝えた。

「なるほどな。だがまあ、人手は多い方がいいからな、助かるぜ！　それで、早速資材を運んでくれるんだろう？」

「はい。その件で伺いました」

俺は石材班と木材班に分けた方がいいのではないかという提案を伝えた。

「確かにそうだな。すぐに全員分の家を石材で作ることはできんし、既存の家を木材で補強しつつ、新築できるところから始めていかにゃならん」

「分かりました。それじゃあ、集めた資材はこちらに運ぶ感じでいいですか？」

「いや、最初は村の入り口付近に置いてて構わんぞ。こっちまで運ぶ手間の方が勿体ないからな」

コーワンさんの言う通りだな。

実はここ、入り口とは真逆に位置している。

俺たちは安全な村の入り口まで運んで、その後は村人の皆さんに任せた方が効率的か。

俺は少し考えて頷く。

「分かりました。では運んだ資材は入り口に置きますね」

「おう！　それと、他にも俺たちの手が必要な時はいつでも言ってくれ！　まあ、森に入るなら護衛は付けて欲しいが、自分たちの家のことだ、しっかりと働かせてもらうからよ！」

「はい！　その時はよろしくお願いします！」

「っと、その前にだ！」

えぇっ⁉　なんかもう話は終わりみたいな流れじゃなかったっけ？

「ど、どうしたんですか？」

「さっき持ってきてくれた魔獣がいただろう？　どうやら肉は最高級で、皮や角も素材として貴重なものなんだとよ！　どうする？」

どうする？　って言われてもなぁ。

今はルッツさんがいないから、時間の流れない魔法鞄で保存することはできない。

ただあの量のお肉をもらっても腐《くさ》らせてしまうだろう。

俺は少し考えて口を開く。

「……ナイルさんに相談しつつ、村人みんなで分けていただけますか？」

「マジかよ！　最高級の肉だぞ！」

「それを俺が独り占めしちゃったら、腐らせちゃいますからね。だったらみんなで食べた方がいいですよ」

俺がそう伝えると、コーワンさんは満面の笑みとなり、盛大にガッツポーズをしてみせた。

「よっしゃー！　今日は宴だ！」

「いやいや！　宴をやりましょうとは言ってないんですけど⁉　二日連続じゃないですか？」

「こんな肉、みんなで食った方がいいに決まってんだろうが！　村長にも宴だって伝えておくぜ！」

「だから宴なんて言ってないんですってば！」

「腐らせるのが嫌なんだろう？」

うぐっ⁉　……それを言われると、苦しいのだが！

「各ご家庭で食べたらいいのでは？」

「そんなのつまんねえじゃねぇか！」

「…………はあぁぁ～。分かりました、ナイルさんが許したらですからね？」

「分かってるよ！」

全く、この人は。

ただ、みんなに英気を養ってもらうという名目であれば、問題はない……のかも？

そう考え、俺は切り替えるように告げる。

「それと、素材の方は置いといてくれますか？　何かに使えるかもしれないので」

「もちろんだ！　それじゃあ……これからもよろしく頼むぜ、リドル！」

ちょっとふざけたおじさん、みたいな雰囲気だったコーワンさんだが、最後の方は真剣な面持ちとなり、俺に手を差し出してきた。

その手はとても逞しくて、大きくて、頼りがいのある手だ。

「……よろしくお願いします！」

「おう！」

コーワンさんの手を握り返し、俺はレオとルナ、ミニゴレたちを引き連れて、再び森の方へ駆け出した。


森に入ってまず最初に、グースのところへ向かうことにした。

「グース！」

「モグ！　モグモグー！」

「おはよう！　実は、伐採してもいい木を探しているんだけど、場所に心当たりはあるかな？」

グースは普段は魔の森の花畑に住んでいる。

こんな場所を知っているということは、伐採できる木が多く生えている場所も知っているかもと思ったのだ。

特に大型魔獣の縄張りの木を伐採しようものなら、襲われてしまうかもしれない。

そこだけは気をつけなければならないだろう。

「モギュ？　……モググ！」

「いい場所があるって？　助かるよ！　案内してくれるか？」

さすがはグース、頼りになるな！

グースの案内で森を再び進んでいくと、ゴンコが肥料を作っている場所の近くに到着した。

「ここの木々なら大丈夫なのか？」

「モグ！　モググモグ！」

どうやらこの辺りはゴンコの縄張りらしい。

しかし、そういうことなら一度ゴンコにも断りを入れておくべきだな。

勝手に縄張りの木を伐採して持っていくのは、マズいだろうし。

「分かった。それじゃあまずはゴンコのところに行こう！」

それから数分歩いたところでは、ゴンコがせっせと肥料を作っていた。

「ゴンコー！」

「ギキ？　ギッギギー！」

俺が声を掛けると、顔を上げたゴンコが嬉しそうに手を振ってくれた。

「実は、ゴンコの縄張りの木を伐採して村に持っていきたいんだけど、問題ないかな？」

「ギギー！　ギギッギギー！」

「どれだけ持っていってもいいって？」

ありがたい話だけど、ゴンコの縄張りを荒らし過ぎるのは申し訳ない。

「まずは五、六本の木を伐採して、それからまた必要な分が出たら声を掛けるよ」

俺がそう言うと、ゴンコは「確認なんて必要ない」と言ってくれた。

だが、主だからといって相手の所有物を勝手に持っていっていいわけじゃないんだし、確認はしっかりしていこう。

とはいえ今回は許可が下りたので、俺たちはグースが教えてくれた場所へ戻り、伐採を開始した。

……まぁ俺たちというか、伐採はレオとルナがやってくれるんだけど。

レオとルナが鋭い爪を振り抜くと、たった一振りで大木が切れてしまう。

……しかし、何度見てもすごい切れ味だな、二匹の爪は。

「よくやったな！」

「ギャウ～！」

「ニィ～！」

二匹が三本ずつ、合計で六本の大木をあっと言う間に伐採し終えた。

俺がレオとルナの頭を撫でると、甘い鳴き声を出しながら喜んでくれた。

その後、俺は振り返る。

「それじゃあこの木の運搬《うんぱん》は……ゴレキチとゴレオにお願いしてもいいかな？」

「「ゴロゴロ！」」

元気よく返事をしてくれたゴレキチとゴレオが動き出す。

「……一匹で、三本まとめて、持っちゃうの？」

……え？　……うっそ、マジで？

「「ゴロゴロゴロゴロ！」」

「……あ、あぁ、よろしく、お願い、します」

思わず敬語になってしまったが、ゴレキチとゴレオは気にすることなく、それぞれが三本の大木をバランスよく持ち上げる。

そして村に向けて歩き出した。

「……ゴレキチとゴレオ、すごいな」

「「ゴゴ！　ゴグゴグ！」」

「……だよな。お前たちもきっと、すごいよな」

俺の呟きに自分たちもやれると言ってくれたミニゴレとゴレミを見て、驚きと共に頼もしさを感じてしまう。

予想以上に木材の調達が早く終わったので、今度は石材の確保へ動くことにした。

ゴレキチとゴレオと別れ、俺たちは森の中を改めて見回す。

「さて、石材はどこから切り出してこようか」

「ゴゴー！　ゴグゴー！」

「え？　石材ならいい場所を知っているって？」

今回はグースではなく、ミニゴレが声を上げてくれた。

ミニゴレは鉱石の魔獣だし、石のことに詳しいということなのだろうか。

「そういうことなら、案内をお願いしてもいいか？　グースもここまでありがとう！　また何かあれば声を掛けるよ！」

「モグモグー！」

ここでグースとも別れた俺は、今度はミニゴレの案内で森の中を歩いていく。

そして、今度はミニゴレを助けた場所の近くまでやってきた。

「……ここか？　でも、周りに石材にできそうな場所なんて……え？　あっちだって？」

俺が周りに目を向けながら困惑していると、ミニゴレが大木の根元を指さす。

そこへ目を向けてみると、大木から垂れ下がっていた蔓《つる》の陰に隠れた、洞窟《どうくつ》の入り口を見つけた。

「……もしかして、ミニゴレたちはここで生活をしていたのか？」

「ゴグ！」

「そんな大切な場所で石材を切り出してもいいのか？」

俺が問い掛けると、ミニゴレとゴレミが大きく頷く。

「……ありがとう。ミニゴレ、ゴレミ」

俺は二匹にお礼を伝えると、そのまま洞窟の中へ入っていく。

洞窟の中には微かな光を放つ不思議な苔《こけ》が生えていた。

そのおかげで周囲は薄暗いが、全く見えない、ということにはなっていなかった。

ゆっくりと洞窟を奥へ進んでいくと、俺はとあるものを発見した。

思わず声が漏れる。

「……これは、すごいな」

「ゴッゴゴー！」

「……ありがとう、ミニゴレ！　これは最高の石材になるよ！」

俺たちの目の前に広がっていたのは、洞窟の最奥にそびえ立っている、巨大な大岩だった。

とても艶《つや》やかかつ美麗で、素人目に見ても質が高そうだ。

「レオ、ルナ、ミニゴレと相談しながら、可能な限り石材を切り出していこう！」

「ガウ！」

「ミー！」

「だけど無理は禁物！　疲れたら休むこと、いいな！」

俺がそう声を掛け、石材の切り出しが始まった。

とはいえ、木と岩では強度が大きく異なってくる。

変わらず切り出しはレオとルナが行うのだが、そう簡単にはいかないだろう――そう思っていた。

「……相変わらずの、すごい切れ味だよな～」

俺の予想とは裏腹に、レオとルナはまるで大岩を紙切れのようにサクサクと切り出していった。

すぐに長方形の岩が大量に並んでいく。

それを切り出しを終えた傍から、ミニゴレとゴレミが洞窟の外へ運び出していく。

外に運ぶだけで大丈夫なのかと思っていたのだが、戻ってきたミニゴレから、ゴレキチとゴレオも戻ってきたと報告を受けた。

これで四匹体制で運べるようになった。

俺はといえば、切り出しの力にもなれず、運び出しの力にもなれず、ただただ従魔たちの働きを見守ることしかできない。

「……俺の存在とは、いかに」

これはみんなが喜ぶことをしてやらないと、主である意味がなくなってしまうな。


そんなことを考えながら見守っていること——三時間。

木材とは違い量が必要な石材も、結構な量を切り出すことができたと思う。

ミニゴレ四匹はバケツリレーみたいに効率的に石材を運び出してくれたのだが、そんな方法をよく思いついたなと感激してしまう。

そして、改めて周囲を見回してとあることに気づいた。

「……マジか？　もう、四つしか残ってない？」

かなり多めに切り出していた石材が、ほとんど運び終わっていたのだ。

この四つ、ミニゴレたちが一つずつ持ってしまえば、そのまま戻れるではないか。

「有能過ぎないか、小人ゴーレム？」

「「「ゴッゴゴー！」」」

俺の呟きを受けて、元気に応えてくれたミニゴレたちが揃って右腕を上げてくれた。

……こういう揃っているのも、可愛いな。

可愛いミニゴレたちが、巨大な石材を軽々と持ち上げてしまう姿は、ある意味でギャップ萌えな感じがする。

そんなことを考えながら、俺はみんなと一緒に村の方へ戻っていった。


村に到着すると、再び入り口の方に村人たちが集まっている。

しかし、今回は俺の心配をしているのではなく、入り口に集められた資材の量に驚いているようだった。

「戻りました」

「うおっ⁉　……なんだ、リドルじゃねぇか」

俺が声を掛けると、誰も気づいていなかったようでコーワンさんが驚きの声を上げた。

「リドルですけど、どうかしましたか？」

「どうかしましたか？　じゃねえよ！　なんだよこの資材の量、マジですげえじゃねえか！」

「それは……俺も驚いています。ミニゴレたちがものすごく有能でした」

「「「ゴッゴゴー！」」」

再びミニゴレたちが揃って右腕をあげたことで、コーワンさんは苦笑を浮かべた。

「確かに、こいつらも有能だ。だが、それはお前もだ。リドル」

「俺ですか？　いやいや、俺はみんなの働きをただ眺めていただけですよ？」

事実を伝えたのだが、何故かコーワンさんは渋面《じゅうめん》になる。

「あまり自分を低く見せるもんじゃねぇぞ？」

「いや、事実なんですけど？」

「……はぁ。まあ、いずれ気づくだろう。そんじゃまあ、ひとまず来てくれるか、リドル？」

「えっと、分かりました」

別に低く見せているんじゃなく、低いのが事実なんだけどな。

そんなことを考えながら、俺はコーワンさんについて歩いていく。

進んでいく先を見て、ナイルさんの屋敷に向かうのだろうと俺は思った。そのはずなのだが——

「あれ？　あの、コーワンさん？　ナイルさんの屋敷に入らないんですか？」

予想外にナイルさんの屋敷を通り過ぎてしまい、俺は慌てて声を掛けた。

「目的地は村長のところじゃねぇ。お前のところだ」

「……俺のところ？」

いったい何を言っているのかと困惑気味に聞き返したのだが、すぐにコーワンさんの言葉の意味が理解できた。

「……え？　なんで、こんなところに家を建てているんですか？」

ナイルさんの屋敷の隣には、ちょっとしたスペースが空いていた。

そこに石造りの屋敷が一軒、建てられている最中だったのだ。

「……これは、いったい？」

「これはリドル君の屋敷だよ」

「ナ、ナイルさん？　いや、俺の屋敷って……え？」

背後からやってきたナイルさんにそう言われ、俺はますます困惑してしまう。

「村長に言われたんだ！　最初に建てる石造りの屋敷は、領主であるリドルの屋敷じゃなきゃダメだってな！」

「いや、でも……」

「私たちはリドル君に感謝しているんだよ。それも、多大な感謝をね」

ナイルさんがそう口にすると、一緒に屋敷から出てきたルミナさんとティナも頷いている。

俺の隣に立っていたコーワンさんまで笑みを浮かべながら頷いた。

そして、ナイルさんは俺に近づいてくる。

「私たちだけではない。村のみんなが、君に感謝しているんだ」

「だけど、屋敷の改善はまだ……」

「君がいなければそもそも、屋敷の改善をやろうという意識すらなかったのだ。これは大きな変化なのだよ、リドル君」

柔和《にゅうわ》な笑みを浮かべながらそう言われ、俺は涙ぐんでしまう。

「……本当に、いいんですか？」

「もちろんだ。そのために、建ててもらったんだ」

ここまで言われてしまえば、断る理由は見当たらない。

この場にいる全員に頭を下げながら、俺は口を開く。

「……分かりました。本当にありがとうございます！」

涙が零れる前に腕で拭い、俺は元気よくお礼を口にした。

「そして今日は、家屋の改善の目処が立ったお祝いをしようと思っているよ」

「お祝いって……あー、もしかして、コーワンさん？」

「がははははは！　せっかくの高級肉だ！　みんなで食べた方がいいじゃねえか！」

やはりコーワンさんはナイルさんに宴をすることを伝えたようだ。

それにしても、屋敷のサプライズは本当に嬉しかったな。

これだけのことをしてもらったのだから、もっとこの村にお返しをしていかなければならないな。


そして、その夜。

予定通りに宴が開催された。

「肉、うっまっ！」

高級肉と言われるだけはあり、お肉自体に甘味があって、口の中でとろけていく。そんなお肉を頬張り、俺は恍惚《こうこつ》の表情を浮かべてしまう。

「どうだ、リドル！　やっぱりこういう肉は、みんなで食べた方が美味いだろう！」

そこへコーワンさんがやってきた。

彼がお酒臭いのは宴のお約束ということで、俺は苦笑しながら集まった村人たちを眺める。

「……そうですね。みんなが笑顔で騒いでくれるなら、それが一番です」

「こんな時まで真面目か？　まあ、それがリドルのいいところなんだろうな！　がははは！」

「……お酒臭いので、あまり笑わないでくださいね？」

「そう言うなよ！　がははは！」

……マジで臭いよ、コーワンさん。

「リドル！　こっちで一緒に食べましょう！」

俺がコーワンさんから後退《あとずさ》りしていると、ティナから声が掛かった。

「あ！　ちょっと呼ばれたので失礼しますね！」

これ幸いにと早口でそう言った俺は、そそくさとその場を離れてティナの方へ駆け出した。

「助かったよ、ティナ」

ティナにお礼を伝えると、彼女は苦笑しながら頷いてくれた。

どうやら俺が困っていると分かって、声を掛けてくれたようだ。

「このお肉の魔獣もレオとルナが狩ってくれたんでしょう？　ありがとう！」

「お礼はレオとルナに……って、二匹はお肉に夢中だな」

レオとルナは今、お肉を焼いている鉄板の近くに陣取っており、村人から焼けたお肉を与えられている。

……完全に餌付《えづ》けされたな、あれは。

「可愛いねー」

「レオとルナ以上に可愛いものはないからな！」

俺が満足気に頷くと、そんな俺を見てティナがクスクスと笑いだした。

「……どうしたんだ？」

「リドルも可愛いなって！」

「それはない！　二匹に勝るものはないからな！」

「うふふ。そういうことにしておくね」

そういうことって、本当にそうなんだが？

「ティナ！」

そこへ少年の声が聞こえてきたので、俺とティナが同時に振り返る。

「あ！　ラグ君！」

ラグ君……あぁ、ナイルさんとのやり取りでティナが名前を出していた子だ。

「こっちで食べようぜ！」

「いいよ！　一緒に行こう、リドル！」

「……リドルだって？」

おや？　そこでどうしてちょっと声音が変わるのだろう。

俺、何かラグ君にしてしまっただろうか。

ティナも不思議だったようで、小さく首を傾げた。

「どうしたの、ラグ君？」

「……リドルとか言ったな。お前は来るな！」

「なんでそんなこと言うのよ！」

おっと、これはマズい。ティナとラグ君の声が思いのほか大きかったので、大人たちの視線が集まってきた。

すると、ラグ君が俺を指さしながらティナに告げる。

「こいつを連れてくるならお前も来るな！　ふんっ！」

「ちょっと、ラグ君！」

あー……行っちゃった。

「なあ、ティナ。その、ラグ君と何かあったのか？」

「分かんない。ケンカなんて、してなかったのに……」

もしかして俺って、子供たちからは嫌われていたりするのかも？

思い返すと、俺は見た目は子供なのに、ずっとナイルさんやコーワンさん、大人とばかり一緒にいたもんな。

もしかしたら、子供たちには変な奴と思われているのかもしれない。

しかし、今はそんなことを気にしてもしょうがないので、俺は切り替えるように言う。

「……とりあえず、今は美味しいお肉をたくさん食べて、楽しく過ごそう！　な、ティナ！」

「……うん」

ラグ君が何を考えていたのかは分からないけど、ティナと仲直りさせてあげなきゃいけないな。

そんなことを考えながら、俺は宴を楽しんだのだった。

◆◇◆◇

美味しい高級肉を堪能した宴の翌日、俺は家屋の改善のために魔の森を歩いていた。

とはいえ、すぐに動けたのは俺や従魔たちだけで、大人たちは軒並《のきな》み二日酔いでぶっ倒れていた。

特にコーワンさんはレオやルナが逃げ出してしまうくらいの酒臭さを振りまいていたので、結構な量を飲んだのだろう。

一応、家屋改善の中心人物なのだが……まあ、今日に限っては大目に見よう。

昨日の宴は俺ではなく、大工のコーワンさんに英気を養ってもらう会だったと思えば、気にもならない。

「というわけで、今日は朝からずっと、追加の資材の切り出し、運搬作業となります！　みんな、よろしくお願いします！」

俺の号令のもと、従魔たちが一斉に動き出す。

木材はそこまでの量を必要としていないので、ゴンコの縄張りにある大木を三本ほど、許可を得て伐採した。

それはゴレキチに運搬を任せ、残ったレオ、ルナ、ミニゴレ、ゴレオ、ゴレミで石材の切り出しと運搬を行っていく。

可能であれば今日中に村の家の改善に必要な石材を全て、入り口に運んでおきたい。

そうすれば明日から村人たちの家屋を造り始めることも可能だろう。

そんなことを考えながらみんなの作業を見守り、時折休憩するようにお願いしていく。

不思議なもので、最近はテイムした従魔たちの疲労度なんかが、なんとなく分かるようになってきていた。

従魔の顔を見ただけで、疲れているな、まだ大丈夫だな、というのが感覚的に分かるのだ。

これも俺のスキルの効果なのかは正直分からないけど、非常にありがたい。

いくら従魔たちの言葉が分かるといっても、みんな張り切り過ぎて平気としか言わないのだ。

そういう子をしっかりと止めることができるからね。


「よーし！　お昼にするぞー！」

ある程度作業を行った後で俺がそう口にすると、従魔たちが一斉にすっ飛んできた。

「今日はルミナさんに弁当を作ってきてもらっているんだ。昨日のお肉、美味しかっただろう？」

昨日の宴で使用した高級肉だが、結構な量が焼かれたので、まだ少し残っていた。

ルミナさんがそれをお弁当にして持たせてくれたのだ。

俺が地面にお弁当を広げると、いい匂いがふわっと漂《ただよ》う。

高級肉を使っての弁当なのだ、美味しくないわけがない。

「それじゃあ――いただきます！」

「ガフガフッ！」

「ニャフニャフッ！」

「「「ゴグゴグゴグ！」」」

みんなで弁当を食べ始め、あまりの美味しさで一気に完食してしまった。

……これじゃあ休憩にならないのでは？

仕方ない。手持ち無沙汰にはなるが、何もせず休憩する時間を――

「ん？　あれ、みんなの疲労が消えたな」

食事を終えたあと、一番疲労度が溜まっていたレオとルナがものすごく元気になっているのが伝わってきた。

二匹だけではなく、ミニゴレたちの疲労もなくなっている。

……食事をしたからか？　でも、それだけで疲労って回復するものなんだろうか？

「……みんな、もう大丈夫なのか？」

俺がそう問い掛けると、全員が動きを揃えて右手をビシッと上げてくれた。

どうやら元気いっぱいらしい。そして、可愛い。

それだけではなく、仕事をやりたがっているようだ。

本当はもっと休んでもらいたかったが、やる気になっているみんなを引き留めるのも申し訳ない。

……仕方がない、今は働いてもらって、早めに切り上げるとするかな。

「みんな、また頼むぞ！」

こうして休憩を終えた従魔たちは再び元気よく働き始める。

村に戻ったら、みんなの好きなことを思いっきりやってやろう。

レオはたくさん撫でて、一緒に寝よう。

ルナは毛繕いをして身だしなみを整えてやるんだ。

ミニゴレたちは歯ごたえのある食事を好むようだから、ルミナさんにお願いしてみるかな。

グースとゴンコも頑張ってくれているし、二匹にも村の野菜をたくさん分けてやろう。

みんなが作業をしている間そんなことを考えながら時間を過ごし、日が地平線に隠れる前に村へと戻っていった。


村に戻ってみると、二日酔いでよろよろしたままのコーワンさんが、入り口で石材にもたれかかっていた。

……いや、なんでこんなところにいるのよ。家で休んでおきなさいよ。

「何をしているんですか、コーワンさん？」

「……いや、リドルにだけ働かせるのは悪いと思って、仕事をしようと……うぷっ⁉」

「夕方になってもお酒が抜けてないんですか？　もう今日はいいですから、明日は万全の状態でお願いしますね？」

「……マジで、すまねぇ」

そう言って、コーワンさんは自分の屋敷に戻っていった。

マジで何がしたかったんだろうか。

「コーワンなりに、リドル君に悪いと思っていたのだよ。許してやってくれ」

そこへナイルさんもやってきて、苦笑しながら理由を教えてくれた。

「別に気にしてないですよ。昨日は俺の屋敷のために頑張ってくれたわけですしね」

「まだできあがってはいないが、みんなのおかげで建築は順調に進んでいるよ。あと、同時に生活に必要な家具も作っているんだ」

「そ、そこまでしてくれるなんて悪いですよ！　最優先するべきは、村の家屋改善なんですから！」

「気にしないでいいんだよ。リドル君にはもうしばらく、私の屋敷に泊まってもらうことになりそうだからね。それに、ティナもリドル君がいてくれて毎日が楽しそうなんだ」

ナイルさんの温かい言葉に、俺は小さく頭を下げた。

そして、微笑みながら口を開く。

「みんなも頑張ってくれたので、今日は早めに切り上げてきました」

「そうか。それなら屋敷に帰ろうか。ルミナとティナも待っているよ」

「はい！」

待ってくれている人がいるというだけで、なんだか心が躍ってしまう。

そんな環境を与えてくれたナイルさんたちに感謝しながら、明日からもまた頑張るとしよう。

◆◇◆◇

それから数日を掛けて、俺たちは村の家屋を全て石造りの頑丈で、隙間のない屋敷に建て替えた。

そして、俺の屋敷も完成させてもらった。

二日酔いから復活したコーワンさんも大いに活躍し、ミニゴレたちと連携を取って働いてくれた。

食糧改善に、家屋改善。

この二つが成し遂げられた村は、間違いなく俺が訪れた時よりも活気に溢れ、みんなの笑顔が増えたように感じられた。

あとは……子供たちに好かれるよう、頑張らないといけないな、うん。

◆◇◆◇第五章：村外れの魔導具師《まどうぐし》◇◆◇◆

村の家屋改善を終えた俺は、コーワンさんの助けも借りて、新居用の家具を作っていた。

やはり家具まで全部作ってもらっては悪いので、せっかくならと自分でも作ることにしたのだ。

まあ、大半はコーワンさんに作ってもらったものなのだが、従魔たちのものは俺が自ら作りたいと、大工仕事を教えてもらったのだ。

「よーし、完成だ！」

俺はそう口にしながら、庭に完成した家具を満足気に眺める。

「なかなかいい出来栄えじゃないか！」

「ありがとうございます！」

コーワンさんからも太鼓判を押されたもの、それは——レオとルナの家である。

二匹の寝床《ねどこ》用に、簡単ではあるが小屋を作ったのだ。

「レオー、ルナー！」

「ガウ！」

「ミー！」

俺が名前を呼ぶと、少し離れたところにいた二匹が近づいてきた。

「これ、見てくれ！　お前たちの家だぞ！」

レオとルナは俺が作った家の周りをぐるぐると回っており、「いったいなんだろう？」と言いながら眺めている。

「入ってみてくれないか？」

どうやらピンと来ていないようなので、俺はそう伝えてみた。

すると、ゆっくりとではあるが、二匹は家の中に入ってくれた。

「ど、どうだ？　入り心地は？」

「ガウー……ガウガウ！」

「ミーミー！」

「おぉっ！　そうか、いいんだな！」

レオとルナの反応を見て、俺はホッと胸を撫で下ろす。

「ずっと俺と一緒のベッドで寝苦しかっただろう？　今日からはここにお前たち専用の布団を敷いて、ここで寝て——」

「うわっ！　……な、なんで怒ってるんだ？」

「ギニャ⁉　ニニー！　シャアアアアッ‼」

「ガワッ⁉　ギャウギャウ！　ギニー‼」

何故か怒鳴られてしまった。

「がははは！　どうやら、レオとルナはリドルから離れたくないみたいだな！」

「え？　……そうなのか？」

コーワンさんの言葉を受けて、俺がレオとルナに確認をすると、二匹はそうだと言わんばかりに俺の足に顔を擦りつけ始めた。

「……ありがとう、レオ！　ルナ！　これからもお前たちをモフモフしながら、寝かせてもらうからな！」

「なんだよ。作った本人も離れる気がないんじゃねぇか」

しゃがんでからレオとルナを抱きしめた俺の発言を聞いて、コーワンさんが呆れたように呟いた。

まぁこの小屋を毎日使う必要はないし、たまに気分転換とかで使ってもらおう。

すると、コーワンさんが切り替えるように口を開く。

「だがまあ、リドルの大工の腕は中々のものだったぞ」

「これで他のものものもＤＩＹできますかね？」

「……な、なんだ？　そのデーアイワイってのは？」

おっと、こちらの世界にＤＩＹという言葉はなかったようだ。

「気にしないでください。それよりも、色々と作っていただいて、本当にありがとうございました、コーワンさん！」

変に追及されるわけにもいかず、俺は話題をすぐに変えた。

「おうよ！　また何か必要なものがあれば声を掛けてくれ！　リドルのためならいつでも力になるからよ！」

「頼りにしていますね」

そう口にしたコーワンさんは、軽く手を振ってから自分の屋敷へ戻っていった。


「さて、これからどうしようかなぁ」

食糧と家屋、二つの改善を終えた今、次は何を改善するべきかと考えてしまう。

前回と同様に村の中を散歩でもしながら聞き込みをしてこようか、それとも子供たちと交流を持つべきか……悩む。

「リードールー！」

するとそこへ、ティナの声が聞こえてきた。

「どうしたんだ、ティナ？」

ティナが庭まで入ってきたので、そのまま問い掛けた。

「あの、お願いしたいことがあるの！」

「お願いしたいこと？　俺に？」

「うん！」

ふむ、ティナのお願い事とはいったいなんだろう。

ナイルさんやルミナさんにお願いできないことということは、二人のために何かサプライズをしたいとか、その辺りだろうか？

「聞かせてくれるか？」

「ありがとう！　あのね、村の外れで暮らしている人がいるんだけど、その人をこっちにお引っ越しさせたいの！」

……ん？　えっと、完全に予想外のお願いに、俺は一瞬だが頭の中が真っ白になってしまう。

「……どういうこと？」

「あぁ、すまないね、リドル君」

すると今度は、ティナを追い掛けてきたのか、ナイルさんが慌てた様子でやってきた。

ティナは頬をぷくーっと膨らませる。

「もう！　私がリドルに説明するって言ったのに！」

「さっきの説明じゃあ、リドル君に伝わらないよ」

ナイルさんがティナを宥《なだ》めながら説明してくれる。

「実はリドル君が来る少し前に、この村を訪ねてきた女性の方がいてね。その方は村での生活は迷惑になるからと、魔の森の近くに自分で小屋を建てて、暮らしているんだ」

「なんですか、そのおかしな……いえ、謎の人物は？」

気を遣って言い直してみたけど……これ、あんまり変わってないな。

すると、ナイルさんは苦笑しながら続ける。

「なんでもその女性は魔導具師のようでね。魔の森の素材を使って色々と作りたいと言っていたんだ。ただ……リドル君も知っての通り、魔の森の魔獣はとても凶暴《きょうぼう》だ。生活に余裕が生まれた今、私たちとしては、せっかく村まで来てくれた人をこれ以上危険に晒したくないんだよ」

ルッツさんの持っていた魔法鞄のような不思議な効果のある道具を魔導具と言い、それを研究、開発する人は魔導具師と呼ばれているのだ。

俺は少し考えてから答える。

「その気持ちは理解できますけど、その女性はどうしてわざわざ小屋を建ててまで村の外で暮らし始めたんですか？」

わざわざ危険な場所に小屋を構えるということは、それなりの理由があるはずだ。

俺の疑問にナイルさんは答えてくれる。

「魔獣の素材を使うので、他の魔獣が臭いを辿ってやってくるかもしれないし、危険な素材を使うこともあるから、村から距離を取りたい、と言っていたね」

「ちゃんとした理由があるんですね。でもそれなら……」

女性は魔導具の開発をするために、危険を承知で魔の森にやってきている。

そして、自分の目的のために他の人を巻き込みたくないから、村の外で生活をしている。

これなら、俺が変に関わっても逆に迷惑になってしまうように思えた。

しかし、ナイルさんは困ったように小さく頭を掻く。

「いや、実は……どうやらその女性、空腹の末に倒れてしまうことが多々あるようでね……」

……ん？　空腹で？　どういうこと？

俺の疑問をよそに、ナイルさんは続ける。

「それを心配してティナがよく食糧を持って足を運んでいるのだが、それにも限度があるし、そろそろこちらに引っ越してもらわないと。ティナにも何か起きるかもしれないし……」

「今日も行こうと思っていたのに、何度も行くのは危ないってお父さんに言われたの！　だからリドルに相談しに来たんだ！」

……なるほど。その人は生活能力が低く、定期的にティナが助けてあげていると。

しかし魔の森の近くにティナが行きすぎることをナイルさんは心配しているというわけか。

俺が納得していると、ティナが言う。

「ねえ、リドル！　その人に引っ越してもらえるよう、一緒に説得しに行こうよ！」

「私としても、リドル君と一緒なら安心なんだが、どうだろうか？」

ナイルさんとティナにはものすごくお世話になっているし、まだまだ恩返しもできていない。

これくらいなら、全く問題ないな。

「分かりました。行こうか、ティナ」

「うん！　ありがとう！」

「よろしく頼むよ」

こうして俺とティナは、レオとルナを護衛に付けて、魔導具師の女性のもとへ向かった。


ティナの案内で森の外周を進んでいくと、一軒の小屋がポツンと建っているのを見つけた。

場所的には街道からも離れており、あえて足を運ばなければ見つけられないようなところに位置している。

「こんなところに小屋を建ててまで魔導具の研究をするなんて、物好きな人だな」

そんなことを口にしながら、俺は小屋の前までやってきた。

「いったいどんな人なんだろう」

ものすごく偏屈《へんくつ》な人だったらどうしようかな。

引っ越しを断固拒否！　みたいな人だったら、ティナには悪いけど諦めてもらうしかないかも。

「アニータさーん！　大丈夫ー!?」

ティナが扉をノックしながら、そう声を掛けた。

最初の声掛けが「大丈夫」という時点で、この人の生活がなんとなく分かる気がするなぁ。

そんなことを考えていると、中からバタバタと足音が聞こえてきた。そして――

――バンッ！

「ティ、ティナちゃ～ん！　待ってたよ～！」

……えっと、偏屈でもなければ、魔導具師として研究に従事している研究者という感じでもない。

いうなれば、普通の女性、といった感じだ。

「どうしたの？」

「お腹が、お腹が～！　……って、えぇっ⁉　だ、誰ですか、あなたは‼」

ようやく俺の存在に気づいたようで、アニータと呼ばれた女性は驚きの声を上げながら、小屋の中へ後退っていく。

すると、ティナが笑顔で説明してくれる。

「この人は新しい領主様だよ、アニータさん！」

「へ？　……りょ、りょりょりょりょりょ！　領主様ですってえええええぇぇ～⁉」

「えっと、はい。この地の新領主になりました、リドルです」

この人、いったい何回驚けば気が済むのだろうか。

まあ、いきなり現れて新領主ですと言われたら、それは驚くだろうけど。

すると、アニータさんは俺をキッと睨みつけてきた。

「……う、嘘ね！」

「「……へ？」」

「あなたは嘘をついている！　可愛くて愛らしいティナちゃんは騙《だま》せても、私は騙されないわ！」

……この人、マジで言っているのだろうか？

「ガルルルルッ！」

「シャアアアアッ！」

「ひぃぃぃぃいっ!?」

おっと、落ち着きなさい、レオにルナ。アニータさんが驚いているじゃないか。

どうやらアニータさんが俺に敵意を抱いたことで、威嚇しているようだ。

しかしこの少しのやり取りだけでも、なんとなくこの人の人柄が分かった気がする。

悪い人じゃあないんだろうけど、ちょっと残念なところがあるんだろう。

俺は落ち着きながら、レオとルナに語り掛ける。

「この人は悪い人じゃないんだよー。ただ勘違いしているだけなんだよー」

「……ギャウ～？」

「ニィ～？」

「うんうん、そうなんだ。だから気にしないでいいんだよ」

たぶん残念な人なんだよ、とは言わないでおこう。

すると隣にいたティナが怒り顔をアニータさんに向ける。

「もう！　そんなこと言うんだったら、助けてあげないよ、アニータさん！」

「ガーン！」

……ガーンを実際に口に出す人、前世から思い返しても初めて見たかも。

「あの、俺は本当に新領主で、もとはブリード家の人間です。まあ、ほとんど追放されたような感じなんですけど」

「……きっ！」

いや、睨む時の効果音まで口に出すのか。ここまで来るとむしろ面白いな、この人。

とはいえ、このままでは話が全く進まないので、少しばかり強引に話を進めることにする。

「俺はティナにお願いされて、アニータさんが村へ引っ越ししてくれるよう、説得しに来ました」

「行かないわよ！」

「えぇ、それなら構いません」

「えぇっ!?」

いや、なんであなたが驚くんですか、アニータさん？

俺は呆れながら続ける。

「本人に拒否されてしまうと、俺にはどうすることもできないですから」

決めるのはアニータさんだし、説得を聞いてもらえないのであれば、諦めるしかない。

「……うん、そうだよね」

するとティナも仕方がないと思ったのか、俯きながらも納得してくれた。

「え？　えぇ？」

いや、だからなんであなたが狼狽《うろた》えているんですか、アニータさん？

……もしかしてこの人、本当は引っ越したいのか？

じゃあなんでわざわざ否定なんてしたんだろうか。

「……あ、あのー、ティナちゃーん？　もう少し説得してくれてもいいんだよー？」

……あぁ、やっぱり引っ越したいんじゃないか。

最初に勢いで否定してしまったから、引っ込みがつかなくなっているのかもしれない。

しかしティナはそれには気づいていないようで、何気ない口調で告げる。

「ううん。アニータさんが心配でリドルに声を掛けたけど、無理はよくないもんね」

「うんうん、そうだね。無理はよくないよ、本当に」

というわけで、俺たちは踵を返してアニータさんの小屋を去ろうとする。

「ちょっと待ったあああああっ！」

……うん、そう言うと思ってましたよ。

俺はゆっくりと振り返る。

「どうしましたか？」

「えっと、その……せ、せっかく来たんだし、中でお茶でも飲まない？」

「いいえ。領主として忙しいので、失礼しますね」

「ごめんね、アニータさん」

「ぐはっ⁉」

何気ないティナの一言が、アニータさんの心に突き刺さっているみたいだ。

「……うぅ～……うぅぅぅ～～……！　ご、ごべんなざあああい！」

アニータさんは呻《うめ》き声のあと、いきなり泣き出しながら謝罪の言葉を口にした。

からかうのはこの辺りにしておくか。

「それじゃあ、事情を説明してもらってもいいですか？」

そう言って、俺たちは小屋に入り、彼女が入れてくれたお茶を飲む。

ただ、アニータさんには顔を合わせた時のような勢いは既になく、シュンとした状態だ。

「……えっと、その……」

「さっきのことは気にしていません。なので、アニータさんの本音を聞かせてくれませんか？」

向かいに座るアニータさんへ、俺はできるだけ優しい声音で問い掛けた。

「……ひ、引くに引けなくなっちゃいました！　本当は引っ越したいです！」

「やっぱり」

「やっぱり!?　わ、分かっていたんですか!!」

「まぁ、そりゃあ」

アニータさんのリアクションを見ていれば、すぐに分かるだろう。

すると、彼女は困ったように語り始める。

「うぅ……最初はよかったんです。食糧も持ってきていましたし、尽きる前に魔導具を完成させれば、魔獣を狩って食べていけると思っていたんです」

「それが、上手くいかなかったと？」

「……はい」

魔導具が完成できなかったのか、それとも魔の森の魔獣が予想以上に強かったのか、それともその両方だったのか。

どちらにしても、アニータさんの予想通りに進まなかったのは間違いないようだ。

「気づけば食糧も底をついてしまって、そんな時にたまたまティナちゃんがここを訪ねてきてくれたんです！　ティナちゃんは、私にとっての天使なんです！」

「私は天使じゃないよ？」

そう言われても、アニータさんは両手を重ね合わせ、恍惚の表情でティナを見つめている。

なんというか、この人……結構面倒くさい人かもしれない。

ただ、やっぱり悪い人ではなさそうなので、ナイルさんが言うように、引っ越してくる意思があるなら助けてあげたい。

俺は告げる。

「今の村は食糧も充実していますし、屋敷も石造りのものに変わって、安全な生活が可能になっています。屋敷で研究をしても、そこまで周囲に影響は出ないでしょう」

「……え？」

「本当だよ！　全部リドルと従魔たちがやってくれたの！」

「…………え？　え？」

俺だけではなく、ティナからも同じように言われたからか、アニータさんは困惑を隠せなくなっている。

だが、俺たちの言っていることは全て事実なので、信じてもらうしかない。

俺は改めて説明する。

「今回はティナと、ナイルさんの依頼でアニータさんに会いに来ました」

「ティナちゃんと、村長に？」

「はい。二人共アニータさんのことを心配しています。もしもあなたがよければ、村への引っ越しも問題ないと言ってくれているんです」

ナイルさんの言葉を伝え終え、俺はアニータさんの決断を待つことにした。

「お、お願いしますうううう！　これ以上一人だと、死んじゃいますうううう！　餓死《がし》しちゃいますううう！」

「本当に来てくれるの！　アニータさん！」

「本当よ！　私の天使、ティナちゃん！」

天使うんぬんの発言はどうでもいいので、さっさと話を進めてしまおう。

「そういうことなら、すぐに荷物をまとめてくれますか？」

まとめてと言ったものの、パッと見だがそこまで荷物が多いようには見えない。

魔導具師とナイルさんは言っていたが、本当に魔導具を開発しているのだろうか。

「分かったわ！　ちょっと待っててね！」

元気よく返事してくれたアニータさんは、腰に提げていた可愛らしいポーチを掲げ、立ち上がる。

そして近くにあったものから手に持ち、そのポーチに突っ込んでいく。

「うおっ⁉　……それ、まさか、魔法鞄ですか‼」

ルッツさんが持っていた魔法鞄、アニータさんも持っているのか⁉

「そうよ！　これは私が作ったの！」

「……えええええぇぇっ‼　アニータさんが、作った⁉」

俺が思わず目を見開くと、ティナも感心した様子で手を叩く。

「アニータさん、すごーい！」

「でへ、でへへ～！　そ、そうかな～！」

笑い方はさておき、これは本当にすごいぞ！

魔法鞄はとても高価なもので、作れる人もごく一部だと言われているはずだ。

……というか、なんでそんな人が、魔の森の近くの小屋で餓死しそうになっているんだろうか。

「……もしかして、何か罪を犯して、この村に逃げてきた、とかじゃないですよね？」

俺は念のため確認を取る。

「そんなことないわよ！　私は魔導具研究に生きている人間なの！　未知の素材があるなら魔の森にだってやってくるわ。私は歴史を紐解《ひもと》いても存在しないような、最高の魔導具師なんだからね！」

どうしてそこまで自信満々なんだろう。けどまあ、今はそんなことどうでもいいか。

「そういうことなら、アニータさんも村の発展に協力してくれませんか？　俺たちからもお返しはできると思いますので」

「でも、私は魔導具を使って儲けようなんて考えていないわよ？」

なるほど、アニータさんの場合は、研究すること自体が目的というタイプなのだろう。

しかしこうなると、村のために魔導具を作ってもらえるだろうか。

すると、ティナがなんでもないように言う。

「手伝ってくれたら、美味しいご飯が食べられるよ！」

「やります！　やらせてください！　それがティナちゃんの手作りだとなお助かります！」

ちょろいな、この人！

「うーん、お母さんに聞いてみるね！」

「あぁ！　マジで天使！　ありがとう、神様！」

なんだかよく分からないけど、アニータさんの説得は上手くいったようだ。

……これ、俺って必要あったかな？


それからアニータさんは、一時間と掛からずに荷物を魔法鞄に入れ終わると、俺たちと一緒に小屋の外に出る。

魔の森にやってきてからずっと暮らしていた小屋だからだろう、アニータさんは外に出てからしばらくの間、小屋を眺めていた。

しかし、あんまり長くいても仕方ないので、俺は彼女に声を掛ける。

「……行きましょうか」

「そうね！　それじゃあ――えい！」

――ギュン！

「「……はい？」」

「すごいでしょー！　この小屋も、実は魔導具だったのよー！」

…………小屋が、消えた？

いや、違う。小屋があった場所の地面に、ミニチュアの小屋がいつの間にか現れていた。

俺は思わず尋ねる。

「……まさか、これがさっきの小屋、ですか？」

「その通り！　名付けて『簡易小屋《かんいごや》』！　いつでもどこでも小屋で休める！　私みたいな現地で素材を集めて研究したいって人にオススメの魔導具よ！」

「……もっとオススメすべき人がいるでしょうに！」

「……え？　そうかしら？」

こんな魔導具は見たことがないが、その価値は嫌でも想像がつく。

例えばルッツさんのような定住地を持たない流れの商人からすれば、簡易小屋は喉から手が出るほど欲しい魔導具だろう。

こんなものを作れるなんて、アニータさんは間違いなく天才だ！　まあ、どこか抜けているけど。

しかし、もしもアニータさんが村への協力を惜しまないとなれば、彼女の魔導具は村の名物になるかもしれない。

アニータさんが簡易小屋を回収するのを見届けた俺は、そんなことを考えながら口を開く。

「それじゃあ今度こそ、行きましょう！」

「はーい！」

「久しぶりの村……き、緊張するわね」

俺の合図にティナは元気よく答え、アニータさんは緊張した面持ちになっている。

どれだけぶりに村へ行くのかは俺には分からない。

だけど、ティナだけではなく、ナイルさんも彼女のことを心配しているのだから、悪いようにはならないだろう。

「きっと歓迎してくれますよ」

「そうだよ！　お父さんも待っているんだからね！」

「……そ、そうよね。うん、そうね！」

俺とティナがそう口にすると、アニータさんも決意を固めたのか、ふんっ！　と気合いを入れてから歩き出す。

そうして、俺たちは村へと歩き出した。


村へ到着すると、村のあまりの変貌《へんぼう》ぶりにアニータさんは口をあんぐりと開けて驚いていた。

「……え？　この村、こんなだったっけ？」

まあ、驚くのも無理はない。

アニータさんが村を見たのは、俺がやってくる以前の話だろう。

当時は畑も家屋もボロボロだったはずだからな。

入り口から村を眺めていると、俺たちの帰りを待っていたのか、ナイルさんが声を掛けてくる。

「あぁ！　アニータさん！」

「ひゃい⁉」

いきなり声を掛けられるとは思っていなかったのか、アニータさんは変な驚きの声を漏らした。

「待っていたよ！　あちらでの生活は大変じゃなかったか？　引っ越してきてくれるんだろう？」

「あっと、その、えっと……」

「あぁ、すまない。長い距離歩いて疲れているだろう。リドル君も、一度私の屋敷へおいで」

おろおろしているアニータさんをよそに、ナイルさんはテキパキと話を進めていってしまう。

まあ、アニータさんを相手にするなら、これくらいのテンポがちょうどいい気がする。

こうして流されるがままナイルさんの屋敷に到着した俺たちは、そのまま顔を突き合わせての話し合いを行うことになった。

ナイルさんが改めてアニータさんを見つめる。

「それじゃあ、アニータさん」

「は、はい！」

「そこまで緊張しないでほしい。私たちは、あなたのことを心配していて、今日ここに来てくれたことが本当に嬉しいのだからね」

その言葉を聞いた瞬間から、アニータさんの表情から伝わる緊張が僅《わず》かに和らいだ。

ナイルさんは続ける。

「魔導具の研究をしているようだし、必要なものがあれば言ってほしい。全てを準備できるわけではないが、可能な限り協力させてもらうよ」

「ですが、私が皆さんに返せるものがあるかどうか……」

「いやいや、めちゃくちゃあるじゃないですか！」

何をそんなに自分を卑下《ひげ》しているのだろうかと、俺は思わず声を上げた。

しかし、アニータさんはキョトンとした表情で俺を見つめてくる。

「……あったっけ？」

「ありますよ！　まずは魔法鞄！　それがあれば荷物を運ぶのも楽になります！　何より村では魔の森から資材を調達することが多いので、大いに役立ってくれるんです！」

「そ、そうなのね」

「それに簡易小屋ですよ、簡易小屋！　もしもあれが小屋だけじゃなくて、普通の屋敷すら建てられるようになれば、家造りがどれほど楽になるか！　それこそ革命ですよ！」

しまった、つい熱が入りすぎでしまった。

アニータさんはポカンとした表情のまま、時折思い出したかのように頷いている。

俺は少し息を整え、改めて告げる。

「これだけの魔導具を開発できたアニータさんなら、活躍すること間違いなしですよ」

「……本当に、あの魔導具たちで？」

「もちろんです！　この地の新領主になった俺が保証します！」

どうやら、アニータさんは自分の魔導具の価値がいまいち分かっていないようだ。

「どうだろう、アニータさん。私たちのためだと思って、力を貸してくれないか？」

改めてナイルさんが問い掛けると、アニータさんは涙目になりながら頷いた。

「最初にお誘いを断ってしまってから、村の方とどう接したらいいのか、考えていたんです。本当に、ありがとうございます！　私の方からお願いしたいです！　よろしくお願いします！」

こうして村長から正式に認められたアニータさんは、村へ引っ越すことが決まった。

◆◇◆◇

それからの話はトントン拍子に進んでいった。

アニータさんの屋敷は、俺の屋敷の隣に建てられることになった。

俺が領主として魔導具の開発を依頼する際、近くに住んでいた方が都合がいいだろうと、アニータさんが希望したのだ。

本音はナイルさんの屋敷も近く、すぐにティナに会えるから、という理由が大きい気もするが。

ただ、実際に屋敷を建てるとなった時が大変だった。特に、コーワンさんが。

「間取りはこんな感じでお願いします！　特にこちらの部屋は魔導具の開発に使用するので壁は頑

丈に！　それと、こちらの部屋は換気がしっかりとできるように！　素材の保管庫にするので！」

「お、おぉ……おぉ？」

研究者だからだろうか、アニータさんは屋敷へのこだわりが非常に強かったのだ。

家を建てる時にはアニータさんも現場入りし、あれやこれやとコーワンさんとミニゴレたちに指示まで出していた。

あれはもう現場監督だよね、うん。

「リ、リドル！　注文が多すぎるぞ！　なんとかしろ！」

「えぇ！　お、俺ですか!?」

あまりにも注文や指示が頻発し、コーワンさんから助けを求められるまでになってしまった。

とはいえ、俺は建築に関しては素人だ。助けるも何も、口を挟むことすら難しい。

「うーん………あ」

しばらく思案したあと、俺はアニータさんに声を掛ける。

「ねえ、アニータさん。簡易小屋でも開発をしたり、素材を保管したりしていたんですか？」

「もちろんよ！　私の魔法鞄はまだまだ研究途中で、容量はそこまで大きくないからね！」

「それであれば、簡易小屋の造りを見本としてコーワンさんに見てもらった方が、分かりやすいと思いませんか？」

「あぁ！　なるほど、その手があったわね！」

俺の提案にアニータさんはポンと両手を叩いた。

「……な、なんだ？　その、簡易小屋ってのは？」

コーワンさんがそう口にしたが、見てもらった方が早いだろう。

俺はアニータさんにお願いする。

「こっちのスペースが空いているので、簡易小屋を出してもらえますか？」

「了解よ！　すみませーん！　ちょっと離れててくださーい！」

コーワンさんや手伝いに来ていた村人たちが、なんだなんだと声を上げながら離れていく。

そこへアニータさんが魔法鞄から取り出したミニチュア化している簡易小屋を置くと、屋根の部分を軽く押し込んだ。

——ググググッ！

すると、徐々に簡易小屋が大きくなっていき、俺が最初に見た大きさの小屋まで巨大化した。

「……な……ななな、なんじゃこりゃあああああっ⁉」

目を見開いたコーワンさんに、アニータさんが答える。

「何って、簡易小屋よ！」

「いや！　当然みたいに言うんじゃねえよ！　おい、リドル！　なんなんだ、こいつは⁉」

「魔導具です」

「そりゃ分かってんだよ！　こんな魔導具、見たことも聞いたこともねえぞ！」

奇遇ですね、コーワンさん。俺も最近初めて見たり聞いたりしましたよ。

「まあまあ、コーワンさん。とにかく今は、仕事を終えるためにも中に入って造りを確認しましょう。仕事が終わったあとのお酒は美味しいんじゃないですか？」

俺がそう口にすると、コーワンさんは顎《あご》に手を当てながら考え込み、ニヤリと笑う。

「……歓迎会、やるか！」

……え？　いや、そんなつもりじゃなく、早く小屋を建ててほしいと思っただけなんだが⁉

「いやいや、一人で飲んでくださいよ！　みんなを巻き込まないでください！」

「何を言っていやがる！　その方がみんなとも顔合わせができるし、いいじゃねえかよ！　そんじゃあ中を見せてもらうぜ！」

「あの！　ちょっと、コーワンさん⁉」

既に歓迎会をやる気満々なコーワンさんは、アニータさんと一緒にさっさと小屋の中に入ってしまった。

……え？　これ、マジで歓迎会を催さないといけない感じですか？

「はぁ。これは、ナイルさんに相談だな」

この場をコーワンさんとアニータさんに任せて、俺はそのままナイルさんの屋敷へと向かう。

「おや？　どうしたんだい、リドル君？」

ちょうどナイルさんも在宅しており、コーワンさんの無茶な発言を聞いてもらった。すると——

「なるほど、歓迎会か。いいんじゃないかな？」

「……え、いいんですか？」

まさかの許可が出てしまい、俺は思わず問い返してしまった。

「今までの村の状況だと無理があったがね。今はリドル君のおかげで、生活もだいぶ楽になった。私はね、リドル君。今まで楽しいことがほとんどなかった村人たちに、多くの楽しみを与えたいと思っているんだよ」

ナイルさんの考えを聞き、それならばと俺も思うようになった。

「まあ、コーワンの場合はお酒を楽しく飲みたいだけなんだろうけどね」

「……はは！　確かに、そうかもしれませんね」

最後は冗談交じりにナイルさんがそう口にしたので、俺も苦笑しながら答えた。

その後、ミニゴレたちやコーワンさんが腕をふるったことで、簡易小屋を参考にしたアニータさんの屋敷はあっという間に完成してしまった。

やはりミニゴレたちがそろっているとあっという間だな。

そして早速、夜には歓迎会が行われた。

最初こそ緊張していたアニータさんも、徐々にではあるが緊張がほぐれていき、最後の方は笑顔も見られるようになっていた。

こうしてアニータさんの歓迎会は、大成功に終わったのだった。

◆◇◆◇第六章：子供たちとの交流◇◆◇◆

アニータさんが引っ越してきてから、七日が経とうとしている。

最初の頃は彼女の家に頻繁《ひんぱん》に顔を出し、困っていることがないかと声を掛けていた。

しかし彼女は案外すぐ村に馴染み、特に女性陣とはしっかりとコミュニケーションを取れているようだ。

ティナも毎日のように顔を出しているので、これ以上俺が気に掛けることはないだろう。

女性の屋敷に何度も顔を出すのも気が引けるからね。

「というわけで、今日は散歩をしたいと思います！」

「ガウ！」

「ミー！」

レオとルナは俺の提案に喜んでくれた。

ここ最近は、二匹のために何かをするってことができていなかったからな。しばらくは従魔たちのために何かをしてやりたい。

「時間があれば、グースやゴンコ、ミニゴレたちのところにも顔を出さなきゃだな」

最近は村の中での行動が多かったので、みんなと顔を合わせられていない。

みんなも村で生活をしてもらってもいいのだが、どうにも昔からの寝床がお気に入りのようで、困るようなことがなければそこで暮らしたいようだ。

まぁ、必要なことがあればこちらから会いに行けばいいので、みんなにはやりたいようにしてもらっている。

このあとはみんなの所へ顔を出そうかと思いながら歩いていると、村の子供たちに声を掛けられる。

「あ！　レオとルナだー！」

「きょうもかわいいねー」

うんうん、そうだろう。レオとルナはいつでも、どこでも可愛いのだ。

「ギャウ？」

「ニィ？」

「ん？　みんなと遊びたいって？」

「「え！　いいの！」」

レオとルナの言葉を俺がそのまま口にすると、子供たちはキラキラした瞳でこちらを見てきた。

散歩の予定だったが、レオとルナが遊びたいと思っているなら、その気持ちを優先させるべきだ。

「いいよ。行っておいで、レオ、ルナ」

「ガウガウー！」

「ミーミー！」

「「ありがとう！　りょうしゅさま！」」

レオとルナからも、そして子供たちからもお礼を言われた俺は、二匹を見送った。

向かった先は村の中央にある広場だ。いつも宴を行っている場所でもある。

普段はベンチがいくつか置かれており、村のみんなの憩《いこ》いの場のようになっているのだ。

しかし、俺は改めて広場を見つめて呟く。

「……子供たちが遊ぶには、物足りない気もするんだよなぁ」

中央広場にはベンチこそあれど、子供たちが遊べるような遊具はない。というか、ベンチ以外は何もないのだ。

宴などを行う場所なので、中央広場に遊具を置くわけにはいかないけど、子供たちが遊べるような場所はあってもいいんじゃないかと思うのだ。

……公園、必要じゃないか？

今までは大人の目線に立って改善を行ってきたが、子供の目線に立ってみると、村の中に娯楽《ごらく》がほとんどないことに気がついた。

次は子供たちのため公園を造ってもいいかもしれない。

そう思った俺は従魔たちのところへ顔を出すのをやめ、踵を返してナイルさんの屋敷へと向かう。

公園を造るってなれば、間違いなくみんなのところに行くことになるんだし、まずはナイルさんに相談だ。

みんなには仕事のついでに会いに行く形になって申し訳ないけど、今度ちゃんとした機会を作れば許してもらえるだろう。

そうしてナイルさんの屋敷の前に到着し、俺は声を上げる。

「すみませーん！　リドルですけど、ナイルさんはいらっしゃいますかー！」

しばらくして、中から足音が聞こえてきた。

「あらあら、ごめんなさいね、リドル君。夫は今、コーワンさんのところに行っているのよ」

「リドル！　こんにちは！」

「こんにちは。ルミナさん、ティナ。タイミングが悪かったですね」

「もしかして、また何か村のための改善案を思いついたんですか？」

ルミナさんはニコリと笑いながらそう口にした。

「村のためと言いますか、村の子供たちのためになるかも？　って感じの改善案ですね」

「え！　私たちのため！　聞きたい！　ねえ、お母さん！　聞きたいー！」

子供たちと言ったからか、ティナがものすごい食いつきを見せた。

「それは私も気になるわ。夫もすぐ戻ってくると思いますし、リドル君がよければ先に話を聞かせてくれないかしら？」

「いいでしょ、リドル！」

ティナを見て、これは話をしないと納得してくれそうにないと思った俺は、苦笑しながら頷いた。

「分かりました。ナイルさんから許可が出たら、ティナにも聞きたいことが出るだろうしね」

「やったー！」

「それじゃあ中に入ってちょうだい。すぐにお茶を持ってくるわね」

「ありがとうございます。それじゃあ、失礼します」

大喜びのティナに手を引かれながら屋敷に上がり、そのままリビングの椅子に腰掛ける。

隣にはティナが腰掛け、お茶を運んできてくれたルミナさんが向かい側に座った。

「実は子供たちのために公園を造ったらどうかって思ったんです」

そうして俺は、子供たちが体を動かし、楽しく遊べるような公園を造りたいという話をしていく。

子供たちは今のままでも満足しているかもしれないが、これもやはり、慣れかもしれない。

大人目線での改善はもちろんなのだが、子供たちの未来に向けての改善があってもいいんじゃないかと思ったのだ。

「公園！　なんだか面白そう！」

「えぇ、そうね！　私もとってもいいと思うわ！」

ティナとルミナさんからの反応はとてもよかった。

これはナイルさんにも納得してもらえる可能性は高そうだ。

「ただいまー。おや、来ていたんだね、リドル君」

そこへナイルさんが帰ってきた。

「お邪魔しています、ナイルさん。実は相談があって――」

「お父さん！　公園、造ろうよ！」

「子供たちのためにも必要だわ！」

俺が説明する前に、ティナとルミナさんがナイルさんへ詰め寄って許可を求めていた。

ティナは分かるけど……ルミナさんまで？

「え、いや、おい！　ど、どういうことなんだい、これは!?」

そんなことを考えながらも、このままではナイルさんがかわいそうだと思い、俺は改めてナイルさんにも公園造りについて説明していった。

「なるほど、そういうことだったか。もちろん、許可するよ」

説明を聞いたナイルさんは、即答で許可を出してくれた。

「ありがとうございます、ナイルさん！」

「さすがはあなただわ」

「やったね、リドル！」

ナイルさんの答えに、ルミナさんとティナが歓喜の声を上げた。

「なんだ、私が許可を出さないと思っていたのかい？　まぁ、中央広場から子供たちの姿が見えなくなるのは勿体ない気もするが」

二人の喜びようを見たナイルさんは、苦笑しながらそう口にした。

「どういうことですか？」

以前の通り、中央広場では宴を行うこともある。

さすがにそこに公園を造るのはダメかと思い、造る場所は中央広場以外がいいと考えていたのだが、マズかっただろうか？

すると、ナイルさんが説明してくれる。

「いやね、あそこは私の上の世代が一休みする場所になっていて、子供たちが元気よく遊んでいる姿を見るのが楽しみになっている人もいたんだ。だから、子供たちの姿が見えなくなるのは、寂しいなと思ってしまってね」

「そうだったんですね……」

そういう楽しみがあったとは知らなかった。

子供たちのためだと思っていた行動が、お爺さんやお婆《ばあ》さんたちの楽しみを奪ってしまう結果になるのなら、考え直す必要がある。

「……ねえ、あなた。公園を造るなら、やっぱり中央広場の方がいいんじゃないかしら？」

「うむ、私もそう思っていたんだ」

するとルミナさんが中央広場への公園建設を提案し、ナイルさんも頷いた。

しかし、俺は疑問に感じたことを尋ねる。

「でも、いいんですか？　あそこは宴を行ったり、みんなが集まったりする場所ですよね？」

「そこは大人がどうにかすればいいだけの話でしょう？」

「その通りだ。私たちの上の世代、下の世代の楽しみを奪ってまで、たかが宴のために中央広場を残す必要もないだろう」

ルミナさんとナイルさんが即答すると、ティナが笑顔になった。

「いいの！　やったー！　実は私も中央広場に公園があったらいいなー、って思ってたんだー！」

……ルミナさんもナイルさんも、いい人たちだな。

自分たちの損得ではなく、周りが楽しめるようにと行動してくれている。

みんながそれでいいと言うのであれば、中央広場に公園を造るというのが一番だろう。

俺は少し考え、ナイルさんを見つめる。

「だけど、そうすると他の人たちの意見も重要になってきますね」

「そうだね。こればっかりは、私たちだけで決めていいことではない」

その言葉を聞き、ルミナさんとティナが手を上げた。

「それなら私たちで、村の人たちに意見を聞いてきましょう！」

「はいはーい！　私は友達に聞いてくるー！」

そこから話はトントン拍子に進み、ナイルさんがコーワンさんなどの男性陣、それにお爺さんやお婆さん世代に声を掛け、ルミナさんが女性陣に、ティナが子供たちに意見を聞くことになった。

「あれ？　そうなると、俺は何をしましょうか？」

すぐにやることがなくなってしまったため、俺は思わず口に出してしまった。

すると、ナイルさんが小さく微笑む。

「よかったら、ティナと一緒に、子供たちにどんな公園を造ったらいいかを聞いてみてくれないか？　実際に使うのは子供たちになるだろうからね」

「確かにその通りですね。分かりました」

俺の見た目は子供だけれど、思考は前世の大人のままになっている。

そのため、子供目線に立った公園造りができるかどうか分からない。

子供たちから直接意見を聞く必要があるだろう。

「早く行こうよ、リドル！」

「分かったよ、ティナ」

「私たちも動こうか、ルミナ」

「そうですね、あなた」

こうして俺たちは、それぞれが担当の世代への聞き込みを行うべく、屋敷をあとにした。


俺とティナは、屋敷を出てすぐに中央広場にやってきた。

レオとルナが戻ってきていないことを考えると、まだ子供たちがここにいると思ったからだ。

「あ！　いたよ！　おーい！」

ティナが最初にレオとルナ、子供たちを見つけて、そのまま駆け出していく。

俺も駆け出そうとしたのだが、その前に視界にはベンチに腰掛け、柔和な笑みを浮かべているお爺さんやお婆さんの姿が映る。

……ナイルさんが言っていたのは、この風景だったんだな。

「ガウガウ！」

「ミーミー！」

「うわっ！　……はは、楽しんでるか。レオ、ルナ」

俺の姿を見つけたからだろうか、レオとルナが勢いよく胸に飛び込んできた。

尻もちをつきそうになったがギリギリで耐え、俺は笑みを浮かべながら二匹を撫でまわす。

「リドルー！　こっち、こっちー！」

「分かった！　今行くよ！」

ティナに手招きされ、俺はレオとルナを地面に下ろすと、二匹と一緒に走り出す。

「どうしたの、りょうしゅさま！」

「もうおわりなの？」

二匹と一緒に遊んでいた子供たちに、俺は答える。

「まだまだ遊んでいてもいいよ」

「「本当!?」」

「でも、その前にみんなに話を聞きたくてね。実は、子供たちがたくさん遊べる公園を造ろうと思っているんだ」

「「そうなの!?」」

「そうだよ。それで、中央広場に造るか、それ以外の場所に造るか、みんなの意見も聞きたいなって思ったんだ」

まずは造る場所について、子供たちの意見を聞いてみた。

「ここがいい！」

「おじいちゃんやおばあちゃんもいるから！　おはなしするのもたのしいんだよ！」

即答されてしまい、俺は思わず微笑む。

「そっか。ふふ、やっぱりそうだよね」

子供たちの意見はとても素直なものだった。

「そうだよね、ありがとう。それじゃあ今度は、どんな遊具があったら遊びたいかな？」

「んー……わかんない」

「おいかけっこ、たのしいもんね」

……そうか。そもそも、子供たちは村から出たことがないわけで、遊具と聞かれてもどんなものがあるのか分からないのだ。

そうなると、大人が子供の目線に立って考えなければならないかもしれないな。

「どうしたんだい、リドルさん？」

すると、ベンチに座っていたお爺さんやお婆さんが集まってきてくれた。

これはちょうどいい。この場にいる人たちにも意見を聞くことにしよう。

「ナイルさんから同じような質問をされると思うんですが――」

そう前置きしたうえで、公園を造る場所についてと、どんな遊具があったら子供たちが喜びそうかを聞いてみた。

「場所はここにあってくれた方が、わしらはいいかねぇ」

「うんうん。子供たちが元気よく遊んでいる姿は、元気をもらえるのさ」

「遊具はみんなで遊べるようなものがいいと思うよ。一人で遊ぶのは寂しいからねぇ」

お爺さんやお婆さんたちからもたくさんの意見を聞けた俺は、それらを脳内に叩き込んでいく。

「ねえねえ、りょうしゅさま」

すると今度は子供の一人が声を掛けてきた。

「どうしたんだい？」

「わたし、レオやルナといっしょにあそべるゆうぐがほしい！」

「あ！　わたしも！　みんなといっしょがいいな！」

「ガウーン！」

「ニィー！」

従魔たちも一緒に遊べる遊具か。

……それは、素晴らしい意見じゃないか！

「そうだね！　ありがとう、みんな！　最高の意見が聞けたよ！」

「何してんだよ！」

そこへ、怒号にも似た少年の声が聞こえてきた。

声の方へ振り返ると、そこには以前に俺へ敵意を見せたラグ君が怒りの形相《ぎょうそう》で立っていた。

「……ど、どうしたんだい、ラグ君？」

「お前に名前で呼ばれる筋合いはないんだよ！」

俺が声を掛けるとすぐに怒鳴り返してきたため、続けてティナが口を開く。

「どうして怒ってるのよ、ラグ君！」

「みんな、おかしいって！　どうしていきなりやってきたこいつの言うことを聞いてんだよ！」

「こいつって、リドルは領主様なんだよ！」

「子供が領主様だなんて、おかしいだろうが！」

なるほど、ラグ君の主張はもっともだ。

しかし、事実として俺は領主なのだから、そこは納得してもらうしかない。

「俺は認めないからな！　父ちゃんも、ティナもみんなも、こいつに騙されてるんだ！」

しかし、ラグ君はそう大声を上げて、走り去ってしまった。

「……いったい、なんだったんだ？」

俺が困惑しながら呟くと、その横でティナは怒ったように頬を膨らませる。

「もう！　なんなのよ、ラグ君は！」

どうやらティナもラグ君が怒っている理由を知らないようだ。

「ほほほほほ」

「ふふふふ」

「……何か知っているんですか？　お爺さん、お婆さん？」

俺たちが困惑している後ろで、お爺さんとお婆さんが笑う声が聞こえてきた。

「これを言ってしまうのは、野暮《やぼ》というものじゃよ」

「そうですねぇ、ふふ」

……マジでどういうことだ？

予想外のことは起きたものの、こうして俺とティナは他の子供たちにも声を掛けながら、たくさんの意見を集めて回った。

意見を集め終わった俺とティナが屋敷に戻ると、既にナイルさんとルミナさんも戻ってきていた。

話を聞くと、全員が中央広場に公園を造ることを賛成しており、そのまま造ることが決定となった。

俺は先ほど聞いた意見をナイルさんに伝える。

「遊具に関してはみんなで遊べるもの、それに従魔と一緒に遊べるものがいい、という意見をいただけました」

「従魔と？　それはいい案だね！」

「俺は早速、コーワンさんと相談して、どんな遊具を作るか考えたいと思います」

「面倒を掛けるが、任せてもいいかな？」

「もちろんです！　言い出しっぺは俺ですし、俺がやりたいですからね」

ナイルさんにそう答えた俺は、一人でコーワンさんの屋敷へ向かった。

すると、屋敷の目の前にコーワンさんがいて、話し掛けてくる。

「おう、リドル！　公園について話しに来たんだろ？　村長から話を聞いたぜ！」

「その通りです。どんな遊具を作るべきか、コーワンさんに相談したくて」

「いいぜ！　中に入りな、図面《ずめん》を引きながら考えよう！」

「ありがとうございます！」

突然の来訪だというのに、本当に頼りになる人だな、コーワンさんは。

……あの酒癖《さけぐせ》さえなければ、なおよしなんだけど。

そんなことを考えながら俺は、コーワンさんの作業場へ移動する。

作業場は屋敷の裏にあり、以前に運び込んだ木材や石材の余りが保管されていた。

木材はまだまだ余っているようだが、石材はあまり残っていない。

必要であればまたレオとルナに切り出してもらい、ミニゴレたちで運び込まなければならないな。

「それで、どんなもんを作りたいのか決まっているのか？」

コーワンさんの言葉を受けて、俺は前世の公園にあった遊具を思い出していく。

メジャーなものだとブランコやシーソー、ジャングルジムやすべり台だろう。

他にも鉄棒や雲梯《うんてい》、砂場やスプリング遊具などもいい気がする。

ただ、今ある資材でこれらが作れるかは分からない。

「金属はありますか？」

「金属だぁ？　あるにはあるが、そこまで多くはねぇな。こんな辺境だと、金属も貴重なんだよ」

「そうですよね」

家屋改善に動いていた時も、金属を目にする機会はほとんどなかった。

そうなると、金属を使用する遊具は諦めなければならないかもな。

「紙とペンをお借りできますか？」

「おう、これだ」

「ありがとうございます」

すぐに準備してくれたコーワンさんへお礼を口にすると、俺は遊具のイラストを描きながら、これがどういった遊具なのかを説明していく。

「……ほうほう……へぇ～……都会には、こんなもんがあるんだなぁ」

感心しているコーワンさんだが、それは違う。

俺が書いているのは都会の公園ではなく、前世の日本の公園にある遊具だ。

だがそこまで伝える必要はないので、曖昧に笑いながら説明を続けていく。

そして一通り説明を終えると、コーワンさんは口を開く。

「なるほど、例えばこれ、土台を石材で、子供たちが触れる部分を木材にしてやって、なるべく安全な遊具にしてやりたいな」

「そうしていただけると助かります」

絶対に安全なものなどありはしないけど、可能な限り安全に近づけたものを作りたい。

前世では、危険であるという理由で公園の遊具が使用禁止になったなんてニュースを見て、少し寂しい気持ちになったものだ。

「……だ、大丈夫か、リドル？　急にしんみりしてねぇか？」

「あー……いえ、なんでもありません」

おっと、顔に出ていたみたいだ。

まだまだ仕事は終わっていないので、感傷《かんしょう》に浸《ひた》るのはあとにしよう。

「それとも一つ、子供たちと従魔たちが一緒になって遊べるような遊具も作りたいです」

「子供と従魔が？」

「これは子供たちからの意見で出てきたものなので、なんとしても実現したいと思っています」

今までの遊具は俺の記憶から引っ張り出してきたもので、最悪の場合は作れなくても構わない。

しかし、村の子供たちから出た意見は絶対に実現したかった。

「なるほどな。それは確かに、実現したいじゃねえか！」

子供たちの願いだと分かったからか、コーワンさんの職人魂にも火がついたようだ。

「一応、こんなのがあればいいなー、みたいなアイデアはあります」

「なんだ、聞かせろ！」

「それはですね――」

そうして俺はコーワンさんと遅い時間まで話し合いを続け、公園に設置する遊具を決めていく。

その中でも子供と従魔が一緒になって遊ぶことができる遊具の話し合いには時間を掛け、最終的には完成が楽しみになるくらいの手応えを得ることができた。

あとは資材を集めて、コーワンさんに頑張ってもらおう。

明日からまた、忙しくなるぞ！

◆◇◆◇

それから俺は、レオとルナと村の外に出て資材の確保に動いたり、コーワンさんのところへ行って遊具について会議したりと、大忙しだった。

時折子供たちのためにレオとルナを遊ばせもしたが、そんな時はミニゴレたちを連れてコーワンさんのお手伝いだ。

ミニゴレたちが疲れを溜めないようにローテーションをこなしながら、少しずつではあるが公園ができあがっていく。そして――

「…………か、完成だあああああっ!!」

着工から七日が経ち、中央広場には無事に公園ができあがった。

俺が公園の中心で叫ぶと、周囲から同時に声が響く。

「「「おめでとう！　領主様ー！」」」

「どわあっ!?　……え？　み、みんな、いつのまに？」

知らないうちに、村人たちも多く集まってきていたようだ。

「ありがとう、りょうしゅさま！」

「すごーい！　ねえねえ、あそんでいいの？　いいの！」

「レオとルナもいこうよ！」

大興奮の子供たち。

みんなが公園の完成を楽しみにしていたのは、この数日いつも遠目から作業を見つめられていたから気づいていた。

だからこそ、妥協したものを作りたくないと思っていたほどだ。

「いいよ。だけど、気をつけて遊ぶんだよ？　いいね？」

「「「はーい！」」」

俺が許可を出すと、子供たちが一斉に公園の遊具へ飛び出していき、レオとルナも駆け出した。

実のところ、子供たちには作業中から時折、何を作っているのかという質問を受けていた。

そこでどんな遊具なのか、どうやって遊ぶのかなども説明していたので、みんな遊び方は分かっている。

とはいえ、周囲に集まっていた子供たちの親はどんな遊具なのかは気になるだろうと思い、俺は口を開いた。

「これから遊具の説明をしたいと思います。お聞きになりたい方はいらっしゃいますか？」

「「「聞きたいです！」」」

親たちから元気よくそう言われたので、俺は公園を歩きながら説明していく。

まずはブランコ。実際にブランコに乗って楽しんでいる子供たちを、親たちは微笑ましく見守っている。

「他の子供たちは、ブランコの前後にいかないように！　ぶつかったら怪我をしちゃうからね！」

注意事項も伝えながら、次の遊具へと向かっていく。

次の遊具はシーソーだ。乗っている一方が地面に近づくと、もう一方は高い位置になり、それぞれが笑い声を上げながら楽しんでいる。

「上下しているシーソーに近づくのは危ないから、気をつけてね！」

三つ目の遊具はすべり台。斜面部分をツルツルにするべく、コーワンさんが頑張ってくれた遊具の一つだ。子供たちは何度も笑顔で階段を上がっては、斜面を滑り降りていく。

これにはコーワンさんも満面の笑みを浮かべており、満足気に何度も頷いていた。

その他にも木製の鉄棒――木棒に雲梯、砂場も作っており、全ての遊具で子供たちが笑顔ではしゃいでくれている。

さすがにスプリング遊具は金属がなく、手元にある他の素材でも代用が難しかったので、作ることができなかった。

素材の確保ができるのであれば、次こそは作ってあげたいなと思う。

「こんな感じなんですが、いかがでしょうか？」

一通り説明を終えたあと、俺は親たちに声を掛けた。

「……あ、あれ？　あの、どうしましたか？」

親たちからの反応はなく、何かダメなところがあったかと不安になってきた。すると――

「すごいです、領主様！」

「こんな遊具、初めて見ました！」

「あぁ、私が子供だったら遊んでみたいのにー！」

「子供たちがあんなにはしゃいでいるなんて……くっ、涙が出てくるぜ！」

少しの間を置き、親たちからは感激の声が上がったのだ。

わっと俺のところに集まってきては感謝の言葉をくれ、中には本当に泣き出している親までいたくらいだ。

すると今度は遊具で遊んでいた子供たちがわっと集まってきてくれた。

「りょうしゅさま！　ほんとうにありがとう！」

「とってもたのしいよ！」

「これからまいにちここであそぶね！」

次に子供たちは俺から離れて、コーワンさんの方へ走り出した。

「な、なんだ？」

困惑顔のコーワンさんだったが、すぐにその意味が判明した。

「コーワンさん、ありがとう！」

「ぼくたちまいにちあそぶね！」

「これからもおもしろいゆうぐつくってね！」

子供たちの感謝は俺だけではなく、遊具を汗水流して作っていた彼にも向けられていたのだ。

感謝の言葉を受けて、コーワンさんは恥ずかしそうにしながらも、満面の笑みを浮かべていた。

……やっぱり、子供たちは村を明るくする、太陽みたいな存在だ。

この公園を頑張って造って、本当によかった。

コーワンさんと子供たちの光景を見て、俺は心の底からそう思っていた。

「……なんでだよ。また、お前かよ」

子供たちや親たちが嬉しそうにしている中、俺は背後から聞こえてきたそんな声を耳にして、振り返る。

「……ラグ君？」

そこには少し離れた場所に立つ、ラグ君の姿があった。

彼は拳を強く握り、俯いたままだった。

しかし俺の声が聞こえたのだろう、勢いよく顔を上げると、鋭い視線で睨みつけてくる。

だが、そこから何かを言うでもなく、ラグ君は踵を返して走り去ってしまった。

「……本当に、なんなんだろう？」

従魔たちやコーワンさんの協力を得て完成した公園で、俺はラグ君にも思いっきり遊んでほしいと思っている。

子供たちと交流を深めることはできたが、ラグ君とはまだ険悪なままだ。

「……今度、ティナに頼んでラグ君と話ができないか、聞いてみようかな」

俺はそんなことを考えながら視線を前に戻し、子供たちに囲まれて嬉しそうにしているコーワンさんに笑みを浮かべるのだった。

◆◇◆◇第七章：脅威◇◆◇◆

公園が完成してから、さらに七日が経った。

あれから村にはいつも子供たちの笑い声が溢れており、その中心にあるのが公園だ。

多くの子供たちが集まり、それをお爺さんやお婆さんが笑顔で見守っている。

働き盛りの大人たちも、作物が安定して収穫できるようになったとあってか、次は村の外の魔獣を狩ってお肉を食べるのだとやる気を出す者も現れ始めていた。

このまま平和な時が続くだろうと、俺はぼんやりとだが考えていた。しかし――

「え？　森の中に、大きな足跡ですか？」

俺は自分の屋敷で、やる気を出して森に入っていった男性たちからそんな報告を受けていた。

「あ、あぁ。俺たち、そこまで森の奥には行っていなくて、だからその、村に近い場所でその足跡を見つけたんだ」

「何もなかったらそれでいいんだけど、少し怖くなっちゃってさ、すぐに引き返してきたんだ」

男性たちの報告を聞きながら、彼らの選択は正しいと俺は思っていた。

「何かあってからでは遅いですからね。ある程度の場所は分かりますか？」

そのままにするわけにはいかないと、俺はその場で男性たちに足跡の場所を確認する。

すると、彼らは覚えている限りの場所を教えてくれた。

「……報告、ありがとうございます。念のため、村の人たちにはしばらく森に入らないよう、伝えていただけませんか？　それと、ナイルさんにも同様の報告をお願いします」

「わ、分かった！」

俺はお礼と指示を男性たちに伝えて、そのまま彼らを見送った。

「……さて、大きな足跡か」

これは間違いなく、調査が必要になる案件だ。

グースやゴンコもそうだが、魔獣は本来、自身の縄張りの外にはあまり出たがらない生き物だ。

この辺りを大型魔獣が縄張りにしているという報告は受けていないし、従魔たちからもそのような話は聞いていない。

そのような事実があれば、間違いなくグースやゴンコ、ミニゴレたちから報告があったはずだ。

それがなかったということは……。

「……大型魔獣が縄張りの外に出てくるような事態が、魔の森で起きているってこと、だよな？」

俺の予想が当たっていれば、村にもなんらかの被害が出る可能性がある。

「……ギャウ？」

「……ニィ？」

ずっと考え込んでいたからか、レオとルナが心配そうに上目遣いで俺を見ながら鳴いた。

「……ちょっと、レオとルナの力を借りたいと思っているんだけど、いいかな？」

俺一人で確認をするのはさすがに難しい。

だけど、俺はテイマーだ。

レオやルナ、そして他の従魔たちの力を借りることができれば、今回のこともきっと上手く乗り切れるに違いない。

「ガウ！」

「ミー！」

「もちろんだって？　ありがとう、レオ、ルナ！」

従魔たちには、本当に感謝しかない。

レオとルナが強いからと言って、大型魔獣と出会った時、無事でいられる保証はない。

本当に何かが起きてしまった時を考えると、正直なところ、とても怖い。

だが食糧改善の時にも思ったことだが、俺が不安ばかりを募らせていると、その思いは従魔たちにも伝わってしまう。

……俺にできることは、従魔たちを信じて、行動を起こすこと、ただそれだけだ。

まずは魔の森の状況を確認しなければならない。

足跡を見つけたという場所の付近だけではなく、グースやゴンコ、ミニゴレたちにも話を聞くべきだろう。

そう考えた俺は、すぐに行動へ移すことにした。

立ち上がり、身支度を整えると、すぐに自身の屋敷を飛び出した。

「きゃあ！」

すると、屋敷の前にやってきていたティナと、危うくぶつかりそうになった。

「ご、ごめん、ティナ」

慌てて謝った俺に、ティナは首を横に振る。

「ううん、私の方こそ、大きな声を出しちゃってごめんなさい！」

「それは問題ないよ。でも、どうしたの？　何かあった？」

「……村で噂になっていたの。大型の魔獣が出たかもって」

「あぁ、それか。大丈夫、これからその調査に向かうところなんだ」

魔獣が現れて怖かったのだろうと思い、俺は安心させようと笑顔でそう答えた。

「……リドルは、怖くないの？」

「え？」

しかし、ティナからの言葉は予想外のものだった。

「リドルが領主様なのは知ってるよ？　でも、この村に来てまだ少しだよね？　それなのに、どうして危険に飛び込んでいけるの？」

……この言葉は、魔獣が怖いからというだけの言葉ではない気がする。

そう思えてしまうくらいに、ティナの言葉からは必死さが伝わってくるのだ。

だからだろう、彼女の質問に中途半端な答えを返すのは、絶対にダメだと感じた。

「……俺は、家族に家から追放された人間だ。レオを見つけてからというもの、家族からの愛情を感じたことが一度もなかった。まあ、それ以前だって、利用価値の高いテイムスキルを授かれと言われるだけで、愛情を感じたことはなかったんだけどね」

「そ、そんな……」

まだ子供であるティナにこのような話をするのは酷《こく》かもしれない。

だけど、俺が頑張れる理由を彼女には十分に理解してほしいのだ。

「だからかな。この村に来て、ナイルさんやルミナさんに助けられて、コーワンさんや村の人たち

にも助けられて、俺は嬉しかったんだ。その中にはもちろん、ティナもいる」

「……私も？　でも、私はリドルに助けられてばっかりだよ？」

困惑気味のティナに、俺は微笑みながら答えていく。

「ティナに出会えなければ、俺はこの村まで辿り着けていなかったと思う。ティナのおかげでこんなに温かい人が暮らす村に来ることができたんだ」

「……私のおかげ？」

「そうさ。だからそんな温かい心を持つみんなが暮らす村を守りたいって、俺は本気で思っているんだ。だから頑張れるし、危険にだって飛び込んでいける」

グッと拳を握りしめながらそう答えた俺は、最後に苦笑を浮かべる。

「……まあ、頑張ってくれるのは俺じゃなくて、従魔たちなんだけどね」

最後はティナに笑顔になってほしくて、あえて冗談っぽく告げた。

「……違うよ。リドルも頑張ってくれているし、リドルだからこそ、レオとルナも頑張ってくれているんだよ！」

しかし、ティナからは真剣な言葉を投げ掛けられてしまった。

「ガウガウ！」

「ミーミー！」

「ほら！　レオとルナもきっとそう言ってるよ！」

……はは、その通りだ。レオとルナも、俺だから一緒にいるんだって言ってくれている。

「……そうだね、うん。俺も頑張ってる。頑張ってもいいと思える場所だから、俺はみんなと一緒に危険へ飛び込んでいけるんだ！」

全く。俺が逆に元気をもらってしまったな。

「行ってくるよ、ティナ！」

「ガルアッ！」

「ニイイッ！」

「気をつけてね、リドル！　レオ、ルナ！」

ティナに見送られながら、俺たちは駆け足で魔の森へと向かった。

魔の森に入って最初にしたことは、従魔たちの無事を確認することだった。

もしも大型魔獣が近くをうろついているのなら、みんなが襲われてしまう可能性だってある。

レオを先行させながら、俺はルナと一緒にグースのところへ向かう。

「ガウア？」

「グニニ〜」

花畑の近くに来ると、レオとグースの会話が聞こえてきたので、俺はホッと胸を撫で下ろす。

「グース、よかった！」

「モ、モグニィ〜！」

どうやらグースも大型魔獣の気配を感じ取っていたようだ。俺たちが姿を見せると安堵したように近づいてきて、体をこすりつけてくる。

だが、相当に怖かったのだろう。その体が、震えている。

「……なあ、グース。大型魔獣の問題が解決するまでは、村に避難してこないか？」

今はまだ大丈夫かもしれないが、明日には大型魔獣が姿を見せるかもしれない。いや、もしかするとすぐにだってやってくるかもしれないのだ。

グースにとって、ここの花畑が大事なのは俺も十分に理解している。

だけど、グースの命に替えられるものではないのだ。

「モギュ～……」

俺の問い掛けに、グースは寂しそうに花畑へ視線を向ける。

ここの花畑は、ゴンコの肥料を使って作られた、魔の森とは思えないほど美しい場所だ。

いつかは村に移したいと思っていたのだが、まずは村人たちの生活をよくするためにと行動しており、後回しになってしまっていた。

……これではテイマー失格だな。

しかし、グースは体を動かして答える。

「……モグ！　モギャギャ！」

花畑はまた作ればいい、か。

俺なんかより、グースの方が大人だな。

「ありがとう、グース。大型魔獣の問題が片付いたら、必ず花畑を村の中に移すからな。そしたらグースも一緒に、村で暮らそう」

俺の言葉にグースが両手を上げてくれたのを確認し、俺たちは一緒にゴンコのところへ向かう。

ゴンコの縄張りは花畑からはそこまで遠くはない。

グースが何も見ていないということは、ゴンコの縄張り近くにも魔獣はいないだろう。

それでも不思議なもので、俺の足取りは自然と早足になっていた。

「ゴンコ！」

「……ギチ？」

俺が名前を呼ぶと、ゴンコは魔獣の糞の中から警戒するように顔をのぞかせた。

それから俺は、ゴンコにも大型魔獣について聞いてみたが、やはり何も見ていないと返ってくる。

「ゴンコも一度、村に避難するか？　グースは来てくれることになったんだけど」

「……ギギミミ？」

「臭くてもいいのかって？　そんなもの、大丈夫に決まってるじゃないか」

村の人たちなら臭いすらもそのまま受け入れてくれる気がする。

「作ってくれた肥料は可能な限り村に運び入れるよ、どうかな？」

俺の問い掛けに、ゴンコも大きく頷いてくれた。

大所帯になってきたが、俺たちはそのままミニゴレたちのところへ向かった。

ミニゴレたちが生活している洞窟は、外からだと見つかりにくくなっている。

ここも大丈夫だとは思うけど……よかった、変わったところはなさそうだ。

今回はルナを先行させてから進んでいく。そして洞窟に入りミニゴレたちを見つけた。

「ミーミー！」

「「「ゴッゴゴー！」」」

ミニゴレたちも無事だったので安堵する。

だけど、ここで足を止めている暇はない。

ミニゴレたちにも事情を説明すると、四匹共、即答で避難を受け入れてくれた。

「それじゃあ今度は、二手に分かれよう。ルナはみんなを連れて村に戻ってほしい。俺の屋敷の前で待っていてくれたらいいよ」

「ニィー？　ミニャ！」

ルナは心配そうに、俺はどうするのかと聞いてきた。

「俺はレオと一緒に、足跡が見つかった場所を調査してくる。大丈夫、森の奥までは行かないよ」

「ガルアッ！」

レオが「任せろ！」と力強く鳴くと、ルナや他の従魔たちも渋々といった感じで納得してくれる。

「それじゃあ、また村で会おうな」

ルナたちを洞窟から見送ると、俺とレオは男性たちから聞いた、足跡を発見した場所へと向かう。

グースたちの縄張りからは外れているが、それでもみんなを避難させたのは正解だったと思う。

「村の人の話だと、この辺りだと思うんだけど……」

「ガルルルルゥウ！」

突然、レオが唸り声を上げた。

今は護衛がレオしかいないため、近くを歩かせていたのだが、どうやら何かを見つけたようだ。

レオが唸り声を向けた方へ、俺たちはゆっくりと進んでいく。そして——

「……マジかよ、これ。俺の体くらいの大きさの足跡じゃないか！」

見つけた足跡は、俺みたいな子供なら全身ぺしゃんこにできるのではないかというくらい、大きな足跡だった。

「これは本当に、大型魔獣が近くに来ている——!?」

『グルオオオオオオオオオオオオォォォォオオオオォオッ!!』

直後、森の奥の方から、心の奥底に恐怖を植え付けるような、野太く、肌が震えるほどの重低音の咆哮が聞こえてきた。

「……は、はは……足が、震えて……」

遠くから聞こえたように思える咆哮だが、それを耳にしただけで俺の全身は震えだし、その場から一歩も動けなくなってしまう。

……これが、大型魔獣、なのか？

「ガルアッ！　ガルルルゥウ！」

「……レ、レオ？」

レオは大きな鳴き声を上げながら、俺の足を頭でぐいぐいと押してくれている。

俺に、動いてくれと、そう訴えているのだ。

「……ごめんな、レオ。こんな、情けない主で！」

——パンッ！

俺は気合いを入れるため、両手で両頬を力強く叩いた。

乾いた音が森に響き、頬にはジンジンと痛みを感じられる。

すると、震えが収まり、なんとか動けるようになっていた。

「一度村に戻ろう、レオ。ナイルさんやみんなと、対策を考えなきゃ！」

「ガウ！」

俺は一度だけ咆哮が聞こえてきた方へ目を向ける。

そして踵を返して村へと戻っていった。


村に戻った俺は、ナイルさんが自分の屋敷に人を集めてくれていたこともあり、すぐに対策を話し合うことにした。

ただ、親についてきた子供たちもいて、その中にはすすり泣いている子もいる。

「……みんな。子供たちのところに行ってきてくれないか？」

すると従魔たちは大きく頷き、子供たちの方へと歩いていく。

従魔たちと触れ合うことで、少しでも恐怖を忘れてほしい。

「……レオ？　ルナ？」

「……グーシュ！　ゴンコ！」

「ミニゴリェたちだー！」

子供たちのすすり泣く声が多少は楽しそうな声に変わり、俺はホッと胸を撫で下ろす。

そして大人たちの方へ向き直り口を開く。

「まずは俺が見てきた情報を共有させていただきます」

そこで俺は、魔の森の西側は比較的安全だが、男性たちから得た情報にあった東側で大きな足跡を見つけ、さらに大型魔獣のものと思われる咆哮を耳にしたことを伝えた。

するると、ナイルさんは困惑した様子で呟く。

「……そんな大型魔獣が、村の近くまで」

「どうするよ、村長？」

コーワンさんの言葉に、ナイルさんは慌てながら続ける。

「どうするも何も、対策は講じなければいけないんだろうが、大型魔獣が森から出てくるのは初めてだ。いったい何から手を付けたらいいのやら……」

どうやらこの村においても、今回の出来事は初めての経験のようだ。

魔の森の近くにある村なのに、今まで脅威が襲ってこなかったということは少し不思議だが、今は別に考えることがある。

「……こいつが、変な野菜を作ったから、魔獣がそれを狙って出てきたんだ！」

するとそこへ、聞き馴染みのある声が響き渡った。

声の主はラグ君である。

「なんでそんなこと言うのよ――ラグ君！」

そして、そんな彼に怒りの声を上げたのが、ティナだった。

「そうじゃなかったら、いきなり魔獣が来るなんておかしいだろ！」

ラグ君はティナに怒鳴られても構うことなく、自分の思いを吐き出していく。

するとどうだ、集まっていた村人たちからも、そうなのかもしれないという声がちらほらと聞こえ始めてくる。

ということは、少なからずそう思っていた人が、複数人はいたということだ。

……本当に、俺のせいなのか？　俺が余計なことをしたから、大型魔獣が縄張りから――

「いい加減にしないか！」

そこへ響いたのは、ナイルさんの怒声だった。

いつの間にか俯いてしまっていた俺は、ハッとして顔を上げ、ナイルさんを見る。

「お前たちはリドル君が来る前の生活に戻りたいというのか！　あの頃の生活が充実していたとでも言いたいのか！」

ナイルさんの言葉を受けて、村人たちもハッとした様子だった。

「……村長として、私は村をどうにかしたいと思っていたが、どうにもできなかった。そんな時にやってきてくれたのが、リドル君なんだ。あの野菜を食べて、どう思った？　感動しなかったか？

私は胸が打ち震えたよ」

そう口にしたナイルさんは、柔和な表情で俺のことを見ている。

そしてすぐに真剣な面持ちへと変わり、再び声を張り上げる。

「リドル君が行った村をよくするための改善には、全て私が許可を出している！　文句があるなら私が聞こう！　だが今は、魔獣への対策を話し合うのが先じゃないのか！」

……ありがとうございます、ナイルさん。俺を庇って、こんなにも怒ってくれて。

「………ラグ、こっちに来い」

続けて口を開いたのは、コーワンさんだった。

だが、コーワンさんはナイルさんのようにみんなを諭《さと》すような雰囲気ではない。

本気で怒りを露《あら》わにしているように思える。

その証拠に、ものすごい形相でラグ君を睨みつけ、彼に近づいていく。

「な、なんだよ？」

ラグ君はコーワンさんを見ながら後退っているものの、歩幅が大人と子供では大きく異なるため、あっという間に追い詰められてしまった。

「……こんの――バカ息子がああああああっ!!」

………バ、バカ息子？　えっと、息子って言ったか、今!?

――ゴチンッ！

「いってえええええぇぇぇぇぇぇっ!?　な、何すんだよ、父ちゃん！」

「てめぇ！　自分が何を言っているのか分かってるんだろうな！」

「当然だろ！　こいつのせいで村が危ない目に――いだいっ!?」

「こいつじゃねえ！　リドルだろう、バカ野郎が！」
コ、コーワンさん？　あの、それくらいで。これ以上ゲンコツを落とすと、ラグ君の頭が大変なことに。
「ここ最近は何かコソコソしていると思ってたら、こんなことを考えていやがったのか！」

「こんなことってなんだよ！　俺は俺なりに考えて——ひいっ!?」

コーワンさんが再びゲンコツのポーズを取ると、さっと両手で頭を庇うラグ君。

まあ、あの巨体で迫られて、さらにはゲンコツを落とされたら、庇いたくもなるよな、うん。

「すまねぇ、リドル。バカ息子がバカなことを言っちまった。ほら、謝らねぇか！」

コーワンさんは謝罪をしながら、ラグ君の頭を鷲掴《わしづか》みにして下げさせようとしている。

「ぐ、ぐぬ、ぐぬぬ……だあ！」

反抗していたラグ君だったが、力でコーワンさんに勝てるはずもなく、無理やり頭を下げさせられていた。

「いえ、その……ありがとうございます、コーワンさん」

ナイルさんだけではなく、コーワンさんも俺を庇って声を上げてくれた。

なら俺がするべきは謝罪ではなく感謝だろう。

「リドル君」

「はい」

そこへナイルさんから声を掛けられ、俺は彼の目を真っ直ぐに見ながら返事した。

「私はリドル君の、領主の決定を支持します。しかし、全ての責任は村長である私が背負います。なので、あなたはあなたが最良だと思う方法をご指示ください」

ナイルさんの態度は、リドルという一人の子供ではなく、この地の領主に向けてのものだろう。

ならば、俺はナイルさんの期待に応えられるよう、持っている全ての知識を用いて、この難局を乗り越えるべきだ。

「……ありがとうございます、ナイルさん。まずは守りの強化、外壁を新たに造りましょう。ミニゴレたちに手伝ってもらえば、そこまでの時間は掛からないはずです」

現在、村の外には細い木を編み込んだものを立てているだけだ。

大型魔獣でなくとも、大人が体当たりしてしまえば簡単に壊れてしまいそうな、あってないようなものになっている。

大型魔獣を村に近づけさせるつもりはないが、外壁は強化した方が、今後のためにもなるはずだ。

「しかし、どうやって外壁を強化するつもりだ？」

コーワンさんの質問に答える。

「ミニゴレたちに外壁用の石材を運んでもらいます。彼らの縄張りの方にはまだ、大型魔獣は来ていません。なので、今のうちに石材を運び込んで、簡易なものでも造っておきたいんです」

そして、俺は視線を移動させた。

「アニータさん」

「え？　あ、はい！」

この場にはアニータさんも来てくれていた。

「貴重な魔導具なのは重々承知しているんですが、今だけ魔法鞄をお借りできませんか？」

「魔法鞄を？」

「はい。ミニゴレたちだけでは時間が足りないかもしれないので、俺が魔法鞄に石材を入れて運べたらいいなと思ったんです」

アニータさんが引っ越しの時に全ての荷物を魔法鞄に入れていたことを思い出して、鞄があれば石材の運搬も可能だと思ったのだ。

ただし、魔法鞄はとても貴重な魔導具だ。

他人に簡単に貸し出せるものではないことは理解しているけど、今回だけはお願いしたい。

「分かった、いいわよ！」

「ほ、本当ですか、アニータさん！」

まさかの即答に、俺は思わず聞き返してしまった。

「村の危機なんでしょう？　それに、村のために協力するって約束だったしね！」

アニータさんを村へ引っ越しさせる時に伝えていた言葉を、彼女は覚えてくれていた。

「……ありがとうございます、アニータさん！」

「はい、これが魔法鞄よ。中身は空っぽだから、容量一杯に入れちゃって大丈夫だからね！」

アニータさんが腰に提げていたポーチを外したので、それを受け取る。

「俺はまずレオとミニゴレたちを連れて洞窟に向かいます。ここにはルナ、グース、ゴンコを残していきますね」

「それでは私は、村のみんなに改めて状況を説明しておこう」

「俺は外壁を造るための図面を引いておくか！」

ナイルさんとコーワンさんが、それぞれにできることを口々にした。

その様子を見て、俺は頷く。

「しばらくの間、村をよろしくお願いします、ナイルさん」

「任せてくれ。これでも私は村長だからね」

俺は笑みを返してから屋敷をあとにしようとする。

「……そうだ、ラグ君」

そこで一度立ち止まり、俺はラグ君に声を掛けた。

「……なんだよ？」

「村のために声を上げてくれて、ありがとう。これからも俺が間違っていそうなことがあったら、遠慮なく文句でもなんでも言ってね」

「……はあ？　お前、何を言ってんだ？」

「それじゃあ、行ってきます！」

「あ！　おい、答えろよ！」

自分の思いをラグ君に伝えると、俺はレオとミニゴレたちを呼び戻し、今度こそ屋敷を飛び出して村をあとにした。

村を出てからの行動は早かった。

全速力で洞窟まで向かった俺たちは、レオが石材を切り出し、ミニゴレたちが運び出していく。

一方で俺は魔法鞄に石材を入れられるだけ入れていく。

容量がどれほどか分からないため、とりあえず突っ込んでいるのだが……この魔法鞄、容量大きくないか？

なかなか満杯にならないため、レオも嬉々として石材を切り出していく。

「……お、満杯かな？」

「ガゥ？」

石材が入らなくなったことで俺が呟くと、レオにも聞こえたのか切り出しの手を止めてこちらに顔を向けた。

「やっぱり入らないや。あとはミニゴレたちが最後に運べるだけの量を切り出して、村に戻ろう」

俺の言葉にレオが鋭く爪を振り抜き、最後の切り出しを終えた。

ミニゴレたちが戻ってくるのを待ち、みんなと一緒に村へと戻っていく。

村に到着すると、既にコーワンさんが作業を始めてくれていた。

「戻りました、コーワンさん」

「お疲れさん！　ミニゴレたちを貸してくれたら、あとはこっちでやっておくぜ！」

「ありがとうございます。魔法鞄に入れてきた石材はどこに置いたらいいですか？」

「ん？　あぁ、そうだなぁ……あの辺りに置いてくれるか？」

「分かりました」

俺はコーワンさんに示された場所へ行き、魔法鞄から石材を取り出していく。

「へぇー！　結構入っているんだな！　……へぇー……えぇー………ちょ、ちょっと待った！」

「え？　どうしましたか？」

急にコーワンさんから声が掛かり、俺は首を傾げながら手を止めた。

「……お、多すぎねぇか？」

「思った以上に容量が大きくて。もう少し入ってますけど、どうします？」

「マジか。あー……それじゃあ、村長がいるところに残りは出しておいてくれ」

「分かりました。ミニゴレたちはコーワンさんの指示に従ってくれ」

ミニゴレたちをその場に残し、俺とレオはナイルさんのもとに向かう。

ナイルさんは村の中央にいた。

「戻りました、ナイルさん」

「お疲れ様、リドル君」

「コーワンさんの指示で、石材を置きにきました。どちらに置きましょうか？」

「それなら、あちらのスペースにお願いできるかな？」

「分かりました」

言われた場所に、残りの石材を取り出していく。

魔法鞄が空っぽになったところで、俺は改めてナイルさんに声を掛ける。

「終わりました。このあとの予定は決まっていますか？」

「いや、まずは外壁の強化を最優先にということで、男性陣で動いているくらいだ。女性陣には炊き出しをお願いしているところだよ」

「そうでしたか。……それじゃあ、俺は少しアニータさんのところへ顔を出してきます」

「分かった。彼女は自分の屋敷にいるはずだよ」

ナイルさんからアニータさんの居場所を聞いて、俺はその場を離れていく。

その足でアニータさんの屋敷へ向かい、扉をノックした。

「アニータさーん！　いらっしゃいますかー！」

同時に声を掛けると、中から足音が近づいてきて、そのまま扉が開かれた。

「どうしたの、リドル君？」

「アニータさんにお願いがありまして、少しだけお時間をいいでしょうか？」

「構わないわ。さあ、入ってちょうだい」

「お邪魔します」

アニータさんから許可をもらい、俺は屋敷の中へ入る。

中には研究用の小道具のようなものが多く置かれている。

「それで、お願いって何かしら？」

単刀直入に声を掛けられ、俺は真剣な面持ちで口を開く。

「……魔獣を撃退するための魔導具を作れないか、その相談をしに来ました」

「魔獣を撃退するための魔導具？」

現状、この村にはレオとルナに頼る以外に魔獣と戦う手段はないと言っていい。

大型魔獣と戦うのはもちろん俺たちだと思っているんだけど、それ以外の魔獣が出てこないとも限らない。

その時のために村のみんなも自衛手段があるべきだと思ったのだ。

「はい。ただ、すぐには難しいと思いますし、もし殺生《せっしょう》のための魔導具を作りたくないということであれば、無理はしなくても――」

「え？　もうあるわよ？」

「……あ、あるんですか!?」

まさかの答えに、俺は驚きの声を上げてしまった。

「そもそも、私は魔の森の魔獣の素材を使って魔導具を作っていたのよ？　魔獣を撃退するための魔導具がないって、どうして思っていたのかしら？」

「あー……確かに、言われてみるとその通りですね」

アニータさんが生身で魔獣を倒せるようには見えないし、魔導具を駆使して素材を集めていると考えるのが妥当か。

「ただ、私が集めていたのは比較的小型の魔獣が多かったし、大型や中型の魔獣には通用しないかもしれないわね」

そこまで口にしたアニータさんは、僅かに思案顔をしたあと、一つ頷いてから口を開く。

「……もっと強力な魔導具を作ってみるわ」

「大丈夫なんですか？」

「ぶっつけ本番になっちゃうかもしれないけど、それでもよければね」

「お、お願いします！　それがあると、とても心強いので！」

「うふふ、分かったわ。さすらいの魔導具師、アニータ様に任せなさい！」

そこは『天才魔導具師』でいいのではないかと思ったが、彼女自身がそう思っていないようなので、言わないでおこう。

「よろしくお願いします、アニータさん！」

俺はアニータさんにお礼を口にしてから、屋敷をあとにした。

さて、今の俺にできることは全てやったはず。

あとは、どうやって大型魔獣を追い返すかを考えなければならない。


この日、俺たちは夜遅くになっても作業の手を止めることはなく、空に浮かぶ月が傾き始めた頃になってようやく、外壁を完成させることができた。

気休めかもしれないが、村の周りを硬い石材の外壁で覆えているという安心感はすさまじく、特に子供たちからは歓声が上がったほどだ。

「これで少しは休めるかな」

「そうだね」

「体がバッキバキだ。さっさと帰って寝転がりたいぜ～」

俺、ナイルさん、コーワンさんと言葉を発し、他の男性陣もそれぞれで伸びをしたり、近い相手に声を掛けたりと、達成感に満ち溢れている。

このまま何もないことが一番なのだが、果たしてどうなるか――

『グルオオオオオオオオオオオオオオォォォォォオオオオォッ‼』

「「「――⁉」」」

その時、遠くから魔獣の咆哮が聞こえてきた。

その咆哮は、俺が森の中で聞いた、あの大型魔獣のもので間違いない。

「……な、なんだ、今のは？」

「……おいおい、マジかよ？」

ナイルさんとコーワンさんが、震える声でなんとか絞り出す。

他の人たちは言葉を発することもできず、咆哮が聞こえてきた方を、震える体で見つめることしかできないでいる。

少し離れた村の内側からは、子供たちの泣き声がこちらまで届いてきた。

「……行くぞ、レオ、ルナ！」

「ガルアッ！」

「ミイアッ！」

最初に森で聞いた咆哮は、村にいたみんなには聞こえていなかった。それだけ距離があったということだ。

しかし、今回の咆哮は村まで届いている。それは大型魔獣が近づいてきている何よりの証拠だ。

このまま村が襲われたら、最初は耐えられたとしても、いずれは外壁を破壊されてしまうだろう。

ならば、こちらから打って出るしかない。

しかし、俺を止めるようにナイルさんとコーワンさんが口を開く。

「危険だ、リドル君！」

「そうだぜ！　いくらレオとルナが強いからって、小型魔獣が大型魔獣に敵《かな》うはずがねぇだろう！」

……確かに一般的に考えたら、小型魔獣が大型魔獣に勝てる可能性なんて、限りなくゼロに近いだろう。中型魔獣にだって、勝てるかどうかは怪しいところだ。

しかし、レオとルナは既に中型魔獣は倒している。俺はこの目で見ているのだ。

もちろん、今回の大型魔獣の力が不明なのは事実だ。

だからといって、それで諦めることはできない。

それに何より、先ほどのレオとルナの返事だ。二匹もみんなを守るために頑張りたいと言ってくれている。

ならば俺も行くしかないだろう。

「村の守りは、皆さんにお任せします。グース、ゴンコ、ミニゴレたちも、村に残ってできることをやってほしい」

「モギャ！」

「ギチギチ！」

「「「ゴルラッ！」」」

「ありがとう、みんな」

グースたちからもやる気に満ちた返事を聞け、俺も気合いを入れ直す。

「レオとルナもありがとうな」

一度しゃがみ込み、従魔たちを一通り撫でまわした後、立ち上がった俺はナイルさんとコーワンさんへ視線を向ける。

「大型魔獣がここまで近づいてきているとなると、それに怯《おび》えた他の魔獣だって出てくるかもしれません。アニータさんに魔獣を撃退する魔導具を作ってもらっていますが、いつ完成するかも分からない。でも――」

俺の言葉を遮《さえぎ》るように、ナイルさんが声を掛けてくれる。

「安心しなさい、リドル君。私たちは決して、希望を捨てない。リドル君が必死になって生活を豊かにしてくれて、みんなの笑顔が増えた。そんな村を見捨てるなんて、絶対にしてはならない」

「任せておけ、リドル！　何かあってもアニータや従魔たちの力も借りて、絶対に村を守り抜いてやるぜ！」

その宣言に同調してグース、ゴンコ、ミニゴレたちもやる気をアピールするために腕を振り回す。

これだけのことを言われてしまったら、むしろ村のことを心配するのが、みんなの決意を無下《むげ》にする行為だと思えてしまう。

「……行ってきます、ナイルさん、コーワンさん」

「無事の帰りを待っているよ」

「行ってこい、リドル！　レオ！　ルナ！」

「ガルガルアッ！」

「ミィアアアアッ！」

二人と従魔たちから見送られ、俺とレオとルナは咆哮が聞こえてきた方向へと走り出す。

正直なところ、とても怖い。なんせここに来るまでは、ブリード家の屋敷にいるばかりで、魔獣のこともそうだが、街に暮らす人のことすら知らないような人生を送ってきたからだ。

だけど、この村は新領主としてやってきた、どこの馬の骨とも知れない俺を迎え入れてくれた。

俺は従魔のみんなのおかげで、少しずつだけどその恩返しができていたんだ。

だけど、まだ足りない。

俺はまだ、この村をよくすることができると信じている。

「いいか、レオ、ルナ。俺たちは大型魔獣を追い返すだけでいい。みんなで生きて帰るんだ」

「ガウッ！」

「ミアッ！」

こうして俺は、レオとルナと共に村を離れ、大型魔獣を探すため魔の森へと足を踏み入れた。

◆◆◆◆

――リドルがレオとルナと共に、村を離れた。

彼らを見送ったナイルとコーワンは、お互いに顔を見合わせると、すぐに武器を手に取る。

彼らが手にする武器は、万が一のためにとそれぞれが屋敷に保管していた石槍である。

しかし、ナイルもコーワンも購入してから初めて使うことになったものだ。

「……他の者にも伝えるぞ」

「……そうだな。リドルがいない今、俺たちがまとまらねぇとな」

リドルに心配させないよう気持ちよく送り出したものの、二人の胸の内は不安でいっぱいだ。

しかし、大型魔獣と戦えるのはリドルたちしかいないというのも理解している。

彼らが村を離れている間は、自分たちだけで村を守り抜くのだと、改めて気合いを入れ直した。

「モグアッ！」

「ギチギチ！」

「「「ゴロゴロ！」」」

すると、そこへグース、ゴンコ、ミニゴレたちが声を上げた。

自分たちもいるのだと、ナイルとコーワンに伝えたかったのだ。

「……そうだね、すまなかった」

「お前たちがいれば、百人力だぜ！」

申し訳ないとナイルが口にし、コーワンはしゃがんでからグースたちを撫でまわす。

――アオオオオオオォォン！

その直後、魔の森の方から魔獣の遠吠えが聞こえてきた。

「まさか、本当に来たのか！」

「俺は村の男たちに声を掛けてくる！」

「頼むぞ、コーワン！」

コーワンが駆け出していくと、ナイルはグースたちと村の入り口にある物見台《ものみだい》へ上がっていく。

遠吠えはリドルたちが走っていった先とは僅かに東へズレた場所から聞こえてきた。

ゴクリと唾を呑み込みながら、ナイルは緊張した面持ちで森の方を見つめる。そして――

「……き、来た！　来たぞおおお！」

森から出てきた魔獣を見つけ、ナイルは大声を上げた。

村では男性陣が武器を手に走ってきており、騒々しくなっているのがナイルにも分かった。

大型魔獣はいないものの、小型や中型の魔獣が、見えるだけでも一〇匹を超えている。

「こ、こんなに多くの魔獣が、森から出てきたのか？」

武器を持つ手が震えてしまう。

こんな状態で本当に戦えるのかと、ナイルは内心で不安を覚えた。

「……モグ！」

「ギチ！」

「「「ゴッゴゴー！」」」

するとナイルの足元にいたグースたちがお互いに声を掛け合い、物見台を駆け下りていく。

「お、おい！　グース！　みんな！」

ナイルが声を掛けるが、グースたちは立ち止まることなく、そのまま地面に下りて外壁を乗り越えていく。

そのまま魔獣がやってきた方へ駆けていくと、相対するように立ちふさがった。

「まさか……危険だ、君たち！」

グースたちが村のために魔獣へ立ち向かおうとしている。そう察したナイルも大慌てで物見台から駆け下りていく。

「どうしたんだ、村長！」

そこへコーワンを始めとした男性陣が合流した。

「グースたちが、魔獣を足止めしようと外に出てしまったんだ！」

「はあ!?　だってあいつら、レオやルナみたいに強くはないだろう！」

ナイルの答えにコーワンは驚き、他の男性陣たちは顔を見合わせている。

「私たちも急いで外壁の外へ行き、迎え撃つぞ！」

「「「おう！」」」

グースたちを助けるため、ナイルの号令に合わせて全員で外壁の外へ飛び出していく。

しかし、そこで見た光景は、ナイルたちの予想外のものだった。

「モグルアアアアッ！」

グースが地面を落とし穴のように掘り進めていき、小型魔獣をかく乱する。

「ギチギチギチギチッ！」

ゴンコは近くの土を硬く丸めると、剛速球で蹴り飛ばしていく。

「「「ゴラララアアアッ！」」」

ミニゴレたちはその怪力を活かし、大木を根っこから抜いて振り回していたのだ。

『キャイン⁉』

『クゥゥン……』

襲ってきた犬に似た小型魔獣たちは、たちまち戦意を喪失《そうしつ》してしまい、少しずつ後退っていく。

「……これは、いったい？」

「……はは！　すげぇじゃねえか、グースも、ゴンコも、ミニゴレたちも！」

ナイルとコーワンが歓声を上げると——そう簡単には終わらせないと言わんばかりに、中型魔獣が森の奥から姿を現した。

『ブルフフフゥゥ』

「……シ、シングルホース、だと？」

額に生えた一本角が特徴的な、馬に似た中型魔獣、シングルホース。

シングルホースが姿を現すと、先ほどまで勢いよく戦っていたグースたちは警戒を強めていく。

驚異的な突進力を持つシングルホースがぶつかろうものなら、頑丈に造られた石の外壁ですら壊されるかもしれない。

今回ばかりは万事休すだと誰もが思った——その時だ。

「どおおおりゃあああああああっ!!」

どこからともなく聞こえてきたのは、女性の雄叫《おたけ》び。

それと同時に何かがシングルホースの方へと飛んでいき、目の前に落ちる。そして——

——ドゴオオオオォォン!

「ぬおおおおぉぉぉっ!?」

「な、なんじゃこりゃあああああぁぁぁっ!?」

突然の大爆発に、ナイルとコーワンが叫び、男性陣たちも驚愕の表情を浮かべた。

何が起きたのか思考が追いつかず、ナイルとコーワンは声のした方へ振り返る。

「見たか!　これがアニータ様謹製《きんせい》の魔獣撃退用魔導具よ!　名付けて、『超火炎玉《ちょうかえんだま》』!」

物見台で腰に手を当て高笑いしているアニータを見つけたナイルとコーワンは、唖然《あぜん》としたまま顔を見合わせる。

『ヒヒイイイイッ!?　ブルフフフッ!?』

シングルホースは超火炎玉の大爆発に見舞われて火傷《やけど》を負い、痛みに体を震わせていた。

「中型の魔獣は私がなんとかするから!　小型の魔獣はグースたち、よろしくね!」

「モグモグー!」

「ギギギギー!」

「「「ゴゴゴゴー！」」」

アニータの声を聞き、グースたちが拳を振り上げる。

その姿を見たナイルたちも武器を持つ手に力を込め、顔を上げて魔獣たちを見た。

「……リドル君の従魔や、アニータさんだけに頼っていて、いいわけがないだろう！」

「俺たちも戦うぞ！　村を守るんだ！」

「「「おおおおぉぉぉっ!!」」」

それからナイルたちは、全員が一丸となり小型や中型の魔獣を退けた。

従魔たちやアニータの魔導具があってこそではあったが、それでも魔獣を退けたという事実は、彼らに自信を抱かせるには十分なものだった。

（こちらは問題ないぞ、リドル君。大型魔獣の相手、情けないが任せたぞ！）

心の中でリドルへ声援を送りながら、ナイルは魔の森へ視線を向けたのだった。

◆◇◆◇第八章：大型魔獣◇◆◇◆

魔の森に入ってからしばらくして、俺——リドルは何者かの視線を感じるようになっていた。

それは、遠くから感じられる。

テイマースキルを持っている以外は一般人となんら変わらない俺にすら分かる、明らかな殺気が込められた視線。

心の奥底に恐怖を植え付けてくるような、そんな視線を魔の森の奥から感じる。

足を止めたい、本気でそう思ったことも、この数分の間で一度や二度ではない。

だけど、ここで足を止めてしまったら、大型魔獣は間違いなく村を襲うだろう。

それだけは絶対に避けなければならなかった。

「ガウアッ！」

「ニィアッ！」

俺の足元にはレオとルナが寄り添ってくれている。

二匹がいなければ、俺はこの場にやってくる勇気すら湧《わ》いてこなかったはずだ。

……小型だからダメだなんてこと、絶対にない。

レオもルナも、俺にとって最高の従魔であり、パートナーなんだ。

今も俺の心に寄り添うように顔を寄せてくれている。それだけではなく、きちんと周囲に気を配ってくれてもいるんだ。

「すー、はー……よし、行こう」

レオとルナがいてくれたら、どんな難局も乗り越えられるはずだ。

そう思って俺は、視線を感じる方向へと足を進めていく。

そして——奴は目の前に現れた。

『……グルルルルゥウ』

「こ、こいつが、大型魔獣！」

この世界では体長五〇センチまでの大きさの魔獣が小型魔獣と言われており、中型魔獣が三メートルまで、それ以上となると大型魔獣と言われている。

そして、目の前に現れた熊《くま》に似た魔獣は、間違いなく五メートルを超えていた。

「ガルルルルゥ！」

「キシャアアアア！」

レオとルナが威嚇するも、大型魔獣は一切怯《ひる》むことがなく、真っ直ぐに二匹を睨みつけている。

魔獣の世界でも、大型は小型を見下しているように思えてしまう。

「……だとしても、俺たちは負けない！」

『グルアアアアアアッ!!』

こちらの言葉が伝わったのか、大型魔獣は咆哮を上げると、前足を地面に下ろし、四肢を使って突っ込んできた。

「ガルアアアアッ!!」

直後、レオが咆哮と共に冷気を迸らせた。

これは以前にミニゴレを襲っていた猪の魔獣の足を止めた氷の魔法だ。

四肢を地面と同時に凍りつかせることができれば、動きを止めることができるはず……えぇっ!?

『グ、グルルルル……グルアアアアッ！』

——バキバキ、バキイイインッ！

地面と四肢の表面にまとわりついていた氷を、大型魔獣は力任せに砕いてしまった。

そして、鼻息を荒くしながら、再び突っ込んでくる。

「ミイイイッ!!」

今度はルナが炎を顕現させると、突っ込んでくる大型魔獣めがけて撃ち出した。

――ドゴオオオンッ!

大型魔獣は真正面から炎を受け、大爆発を巻き起こす。

「あっつ! ……黒煙で何も見えないけど、さすがに倒せた、よな?」

確証を得られないまま、俺は黒煙の中をジーっと見つめ続ける。

「…………おいおい、嘘だろ?」

『……グルルルゥ』

間違いなく炎は大型魔獣に命中していたはずだ。

それにもかかわらず、黒煙の中で何かが動いた揺らぎが見え、続けて唸り声が聞こえてきた。

そして――真っ赤に染まった両眼と目が合ってしまった。

「あ」

『グルオオアアアァアアァァッ!!』

これ、死ぬ――恐怖に染まった思考から、俺は直感的にそう思ってしまった。

しかし、黒煙から大型魔獣が突進してくるのが見えた途端、レオとルナが吠えた。

「ガルアアアアアアッ!!」

「キシャアアアアアアッ‼」

「ダ、ダメだ！　レオ、ルナ！」

思わずそう叫んだ俺だったが、間に合わなかった。

レオの氷とルナの炎が、大型魔獣へ同時に襲い掛かる。

どちらも直撃したのだが、大型魔獣の動きを止めるには至らない。だが、大型魔獣は意識を俺から外し、突進の方向を変え、再び猛スピードで動き出す。

その軌道上にいたのは、レオとルナだ。

大型魔獣に轢《ひ》かれたレオとルナは大きく弾き飛ばされ、そのまま俺を飛び越して宙を舞っていく。

その光景が、スローモーションのように、鮮明に俺の目に映る。

「………レオ！　ルナアアアアッ！」

気づいた時には二匹の名前を叫んでおり、大型魔獣に背を向けるのも気にせず、俺はレオとルナのもとへ駆け出していた。

目の前で地面に叩きつけられ、何度も弾み、転がっていくレオとルナ。

最悪の結果が脳裏に浮かんでは消えていく中で、俺は二匹を抱き上げた。

「レオ……ルナ……」

「…………クゥウン」

「…………ミィィ」

よかった、怪我はあるけど生きてる！

生きていることを喜んだものの、まだ危機が去ったわけではない。

むしろ、危機はより迫ってきていると言っていいだろう。

『……グルルルルゥゥ』

しかし、大型魔獣は追撃するわけでもなく、レオとルナを弾き飛ばした場所から動くことなくこちらを睨みつけている。

……どうして追撃してこない？　何か理由があるのか？

『……グルアアッ！』

そう思っていたのも束の間、唸り声を上げた大型魔獣がゆっくりとした足取りで近づいてくる。

「……や、やめろ！」

俺は自分でも無意識のうちにとある行動を取っていた。

俺自身に戦う力が皆無なことは、自分が一番よく分かっている。

それにもかかわらず、俺はレオとルナを優しく地面に寝かせると、そのまま大型魔獣の前に立ちはだかったのだ。

『……グルルゥゥ？』

どうしてそのような行動を取ったのか、全く理解できない。

だけど、自然と体が動いてしまったのだ。

こんな姿を家族が見たら、バカだと、無意味だと、やはり無能だと、罵《ののし》ってくることだろう。

何故なら従魔は主を守るのが役目であり、主が従魔を守るなどあり得ないとあの人たちは考えているからだ。

俺に何ができるかなんて分からない。というか、あっさりと殺されてしまうだろう。

……どうせ殺されるなら、レオとルナと一緒がいいと、自暴自棄《じぼうじき》になっているのかもしれない。

怖い。はっきり言って、恐怖しか感じない。

今だって虚勢《きょせい》を張っているけど、目には涙が溜まっていた。

でも、今も背後から、レオとルナのか細い鳴き声が聞こえてくる。

だからこそ俺は、二匹のために命を張りたいと本気で思っていた。

「何もできないからって、俺が諦めていい理由にはならないんだよ！」

——ドゴオオオオンッ！

直後、俺のすぐ真後ろから轟音《ごうおん》が鳴り響き、同時に青と赤の強い輝きが視界に入る。

何が起きたのか理解できず、俺は弾かれたように振り返る。

そして、そこで見た光景に驚愕を隠せない。

「…………レオに、ルナ、なのか？」

「ガルルルルゥ……アオオオオオオォォォォン!!」

「シャアアアアアアアァァァァァッ!!」

そこには小型魔獣の大きさを優に超えた、雄々《おお》しい姿となったレオとルナが立っていた。

「……いったい、何が起きたんだ？」

目の前の光景に理解が追いつかず、俺は思わず呟いてしまう。

凛々《りり》しい顔つきのレオ。額には紋章《もんしょう》にも似た青の模様が刻まれており、白と青の美しい毛並みを逆立たせている。

気高い顔つきのルナ。その毛並みは赤と白の燃えるような色をし、どこか優雅さを感じさせるようにさらりとしている。

急に大きくなった二匹は、鋭い視線を大型魔獣へ向けていた。

『……グ、グルルオオオアアアアアアアァァァアッ!!』

直後、大型魔獣が大咆哮を上げ、俺を殺そうと突っ込んできた。

「しまっ――!?」

油断した！　と思った瞬間、俺の左右を何かが駆け抜けていく。

何かと思い首を左右に動かすが、何も見えなかった。

しかし、次の瞬間には激しい衝突音が前方から聞こえてくる。

「えぇっ!?　レオ、いつの間に!!」

気がつくとレオが俺の前に立っていた。

大型魔獣の突進を押さえる形で、頭と頭をぶつけ合っている。

レオと大型魔獣はそのまま拮抗しているが、ルナの姿が見当たらない。

そう考えていると、月明かりが何かによって遮られた。

「……ル、ルナ!?」

「キシャアアアアッ!!」

天高く跳び上がっていたルナが、月を背景にしながら急降下してきて、そのまま大型魔獣へと迫っていく。

『グルガッ！』

そんなルナの接近に気づいたのか、大型魔獣はレオとの力勝負を諦めると、見た目からは想像もつかない俊敏な動きで後方へと飛び退き、ルナの攻撃を回避する。

『グルルゥゥ……グルア、ァァ』

しかし、着地と同時に呻き声にも似た鳴き声を漏らしたかと思えば、大型魔獣は腕をだらりと下げ、苦しそうな呼吸を始めた。

なんだ？　そういえば追撃してこなかった時と様子が似ている。

そう思い、改めて奴の体を見つめると、体中に傷があることに気がついた。

「……もしかして、最初から傷を負っていたのか？」

先ほどまでは恐怖で気づかなかったが、大型魔獣の体には複数の傷が確認できる。

しかもレオやルナの攻撃でついたものではない。二匹があの大型魔獣に当てたのは氷と炎の魔法だけだが、それでは傷一つ付かなかったのだ。

不思議なもので、レオとルナが大きくなり、心に余裕ができたからか、周囲の状況を冷静に見られるようになってきている。

……この大型魔獣は縄張りから出てきたわけではなく、縄張りを追われてきたんじゃないか？

そう考えると、傷を負っていることにも納得がいく。

しかし、まだ分からないことがある。

傷を負っているのなら、どうして無理をして手負いのまま、別の魔獣の縄張りで暴れるようなことをしているのか。

どこかに身を潜めて、傷を癒してから新たな縄張りを形成することもできたはずだ。

『グ、グルルルゥウ……グルアアアアッ!!』

そんなことを考えていると、大型魔獣が両腕を振り下ろし、地面へ叩きつけた。

大量の砂埃《すなぼこり》が宙を舞い、視界が一気に遮られてしまう。

「レオ！　ルナ！　気をつけろ！」

「ガルアアッ！」

「シャアアッ！」

砂煙に紛れて襲ってくるかもしれないと思い、俺は声を上げた。

しかし……何も、起こらない？

そして、徐々に視界が晴れていくと、そこに奴の姿はなかった。

「……まさか、逃げたのか？」

「ガウアッ！　ガウガウ！」

俺が困惑していると、レオが激しく鳴いて駆けだした。

それについていくと、大型魔獣のものと思われる血が地面に点々と続いているのを発見した。

「森の奥へ逃げたみたいだな」

これで、当初の目的である撃退には成功した。

しかし今は、新たな疑問が浮かび上がっている。

どうして大型魔獣が手負いのままで襲ってきたのか、その理由によっては再び森から出てくる可能性もあるだろう。

レオとルナが大きくなった理由は分からないし、急にもとに戻るかもしれない。

俺は僅かに逡巡《しゅんじゅん》したあと、大型魔獣の行動の理由を探るべく、奴を追い掛けることにした。

レオとルナが大きくなってくれている今しかないと思ったのだ。

「行こう、レオ、ルナ」

レオが前を進み、ルナは俺の隣を歩く。

血は真新しい獣道へと続いていき、最終的には洞窟に到着した。

「この奥に血が続いているな」

縄張りを追われた大型魔獣は、この洞窟に逃げ込んだのだろう。

だからこそ余計分からない。洞窟の入り口はパッと見では見つけにくく、身を潜めて傷を癒すにはピッタリの場所に思えたからだ。

「……行こう」

警戒を強めたレオとルナと共に、俺は洞窟の奥へと進んでいく。

洞窟ではルナを先頭に、レオが俺の隣を歩く。

ルナの体毛が炎のように光を放っており、薄暗い洞窟内でも十分な視界を確保できるからだ。

『グルルゥウゥウ』

そんな中で足を進めていくと、奥の方から唸り声が聞こえてきた。

『グワァー！　グワァー！』

しかし、そこには唸り声だけではなく、可愛らしい、甲高い鳴き声も含まれていた。

「……子供が、いたのか」

ルナの放つ光で露わになったのは、子供を守るようにして立ちはだかっていた、先ほどの大型魔獣の姿だった。

ただ、大型魔獣の体からは血がしたたり落ちており、地面が赤く染まっている。

視線を大型魔獣の足元に向けると、子供の魔獣が足にしがみつきながら鳴いており、その背後には大量の果物が転がっていた。

「もしかして、子供のために食糧を集めていたのか？　自分のためじゃなく、子供のために？」

その事実を知り、俺は目の前の大型魔獣をどうするべきか、悩み始めてしまう。

人間の世界も、魔獣の世界も、弱肉強食だ。

この大型魔獣が別の魔獣に縄張りを追われたとしても、それは自然の摂理《せつり》だと言えるだろう。

でも、だからと言って、子供を守ろうとしている親を、簡単に殺すことができるだろうか。

『グルルゥウ……ウゥ……』

突如、大型魔獣の唸り声がか細くなっていくのを感じた。

『クワ！　クワァー！』

子供が縋《すが》りつくようにして鳴くが、大型魔獣はふらふらと体を揺らし、そのまま前のめりに倒れてしまう。

まだその目は開いているが、呼吸は今にも止まってしまいそうなほど弱々しい。

「死期が近いって、自分は助からないって、分かっていたのか？　だから自分は食事もせず、子供のために果物を集めて……」

ここで大型魔獣を殺すのは簡単だ。

そして、次の脅威にならないよう子供を殺すことも。

村のためを思うなら、そうするのがベストなんだと思う。

だけど俺は、それだけが答えではないのだと思えてならない。

「……なあ、お前さ。子供のために、頑張ったんだな」

そんなことを考えながら、俺は自分の感情のままに大型魔獣へ声を掛けた。

『……グルルゥウ』

小型オンリーテイムでは大型魔獣をテイムできない。

この大型魔獣の真の意思を知ることなど、俺には不可能だ。

だとしても俺は、子供のために死を覚悟の上で行動していたであろう大型魔獣を、簡単に殺してしまうことができなかった。

「さっきまで俺たちは戦っていたけどさ、俺も村を守りたかったんだ。許してくれとは言わないけど、お前が守った大事なものを、今度は俺に守らせてくれないか？」

俺の言葉が通じているとは思わない。

だけど、言葉に乗せている思いを、大型魔獣に感じ取ってほしかった。

『……クヮァ？』

そこへ子供の鳴き声が聞こえてきた。

大型魔獣はなんとか首を横に向け、顔を寄せてきた子供をペロリと舐《な》める。

『……グルル、グルア？』

『グワ？』

大型魔獣と子供が何やら話し合いを始めたように見える。

既に死が間近に迫っているだろう大型魔獣も、今だけは穏やかな鳴き声を響かせていた。

どれだけそうしていただろうか。親子の会話は短かったのか、それとも長かったのか。

親子の邪魔をしたくなかった俺はただ黙って聞き入っていたので、時間の感覚を忘れていた。

『………グワワ』

そして、子供の魔獣は小さく鳴き、小さな足取りで俺の方へ歩いてきた。

「……いいのか？」

『クワ』

大型になった魔獣をテイムすることはできないが、まだ子供であるこの子であれば、小型魔獣としてテイムすることは可能だ。

子供が頷きながら鳴いたのを見て、俺は視線を倒れたままの大型魔獣に向ける。

『……』

……その瞳には強い光が灯っているように、俺には見えた。

絶対に守れと、言われているように感じた。

「……俺がお前を、絶対に守るよ。約束する」

『クワー！』

子供が嬉しそうに鳴くのを聞いて、俺はしゃがみ込むと、子供の右手を自分の両手で包み込む。

温かな光が洞窟内を優しく照らしていく。

グースたちをテイムした時よりも光が放たれる時間は長く、その光を大型魔獣は真っ直ぐに見つめ続けてくれた。

こうして子供のテイムが完了すると、俺は優しく頭を撫でてやる。

「クァ〜」

気持ちよさそうに鳴いた子供に笑みを向けながら、俺は視線を大型魔獣に向ける。

……ありがとう。お前との約束は、絶対に守るからな。

心の中でそう呟きながら目を閉じ、黙とうをする。

大型魔獣に傷を負わせ、ここまで追い詰めた存在がいるかもしれない。

だとしても俺は、この子を守り抜くと強く誓う。

直後——視界が突然、ぐにゃりと歪《ゆが》んで見えた。

「……あ、あれ？　……なんだ、これ？」

あまりに突然の眩暈《めまい》に、俺は困惑しながらふらつき、片膝を地面についてしまう。

「グワッ⁉」

「……はは、大丈夫だよ」

心配そうに見上げてきた子供の魔獣に笑みを向けながら、俺は立ち上がろうとした。しかし――

「くっ！　……力が、入らない」

足だけではなく、全身に力が入らず、俺はバランスを崩してそのまま前のめりに倒れてしまう。

「ガウアッ⁉」

「ミィアッ⁉」

そこへレオとルナも心配になって駆け寄ってきてくれた。

「……助かったよ、レオ、ルナ」

俺はレオとルナにお礼を伝えると、続けて頼みを口にする。

「ちょっと、動けそうにないから、よければ乗せてくれないかな？　子供の魔獣も、一緒にさ」

するとルナが俺の体を甘噛みし、そのままレオの背中に乗せてくれる。

子供の魔獣は一人でよじよじとルナの背中に登っている。

こんな状況でなければニコニコしながらその可愛らしい様子をじっくりと眺めていたことだろう。

「村が心配だし、急いで戻ろう」

「ガルル？」

「大丈夫、しがみついているからさ」

「ガルゥゥ……ガルア！」

俺の言葉を聞いたレオだったが、それでも心配だったのだろう。

あまり揺れないように走ってくれている。

横に目を向けると、それはルナも同じようで、必死にしがみついている子供の魔獣を気にしながら走ってくれていた。

……本当に優しいな、レオとルナは。


そんなことを考えていると、あっという間に村まで戻ることができた。

しかし、まさかの惨状《さんじょう》に、俺は朦朧《もうろう》とする意識の中で愕然とする。

「……ま、魔獣の、死体が、こんなに？」

いったい何があったのか。

困惑のまま首だけを左右に向けていると、外壁には傷一つついていないことに気がついた。

そして、外壁の内側から声が聞こえると、すぐにナイルさんとコーワンさんが飛び出してくる。

「リドル君！」

「こ、こいつはいったい……？」

あぁ、そっか。

レオとルナが大きくなったことを知らない二人からすれば、なんだこいつはって感じになっちゃっているのか。

「この二匹は、レオと、ルナです」

「レ、レオとルナだって!?」

「おいおい、マジかよ。この魔獣って、あれじゃねぇのか？」

ナイルさんとコーワンさんは、驚きのままレオとルナを見つめている。

ただ、今はそれよりも大事なことがある。

「……村は、みんなは、大丈夫だったんですか？」

大量の魔獣の死体が転がっている状況を目の当たりにし、俺はそこだけが気になって仕方がなかった。

「大丈夫だよ、ナイル君」

「グースにゴンコ、ミニゴレたちが大活躍だ！　それにアニータの魔導具もな！」

ナイルさんとコーワンさんは笑顔でそう口にした。

「……そうなんですね。よかった、みんなが、無事で」

みんなの無事を聞き届けたからか、俺は緊張の糸が切れて、全身から力が抜けてしまう。

そのままずるずるとレオの背中からずり落ちていき、地面に落ちてしまった。

「ガワッ!?」

「ギニッ!?」

「グワッ!?」

レオが、ルナが、子供の魔獣が驚きの鳴き声を上げたのが聞こえた。

「リドル君！」

「急いで中に運び入れるぞ！」

ナイルさんとコーワンさんも慌てた様子で声を上げているように聞こえる。

ただ、それ以上は何も分からない。

視界がぼやけてしまい、ほとんど見えなくなっていたからだ。

「……！　……!!」

……あぁ、何を言っているのかも、分からなく、なってきたな。

そんなことを考えながら、俺の意識はプツリと切れてしまった。

◆◇◆◇第九章：リドルの存在◇◆◇◆

「——……ん？　あれ、俺って、どうなったんだっけ……？」

気づいたら見覚えのある天井が視界に映った。

ボーッとしたまま天井を眺めていると、徐々に記憶が蘇《よみがえ》ってくる。

「……レオ！　ルナ！」

突然体が大きくなったレオとルナの姿を思い出した俺は、急いで起き上がろうとした。

すると、自分の胸の上に何やら重さを感じたので動きを止め、ゆっくりと視線だけを下げてみる。

「……レオ、ルナ」

視線の先にいたのは、俺の胸の上で可愛らしい寝顔を浮かべていた、レオとルナだった。

いつもの大きさに戻っており、可愛らしい寝息が聞こえてくる。

そのまま視線を室内に向けてみると、ここがナイルさんの屋敷の客間だということに気がつく。

……不思議と、ここには安心感があるな。

「……クゥン？」

「……ミー？」

「おはよう。レオ、ルナ」

前足で瞼をこすりながら目を覚ました二匹に向けて、俺は声を掛けた。

「ガウゥ〜。………………ガワッ!?」

「ギニャ!?」

普通に挨拶を返してくれたレオだったが、俺が起きていることに驚いたのか、ルナと一緒になってものすごい勢いで動き出す。

「あはは！　ごめん、心配を掛けたよね」

レオとルナが俺の顔へ飛びつき、ペロペロと舐めまわしてくる。

「……レオとルナも、もとに戻ったんだな。大丈夫だったか？」

「ガウガウ！　ガウアー！」

「ミーミー！　ニャフア！」

「……え？　俺のおかげだって？」

大型魔獣の姿になったのは、どうやら俺のおかげらしい。

しかしあの時、俺が何かをやったという記憶は全くない。

それどころか、レオとルナが弾き飛ばされたのを見て、死を覚悟したくらいだ。

それに……あっ！

「そういえば、あの子供の魔獣は！」

「グワ？」

「え？」

……………ベッドの足元にいたわ。めっちゃ上目遣いでこっちを見てたわ。うん、可愛いわ。

「お前もこっちに来るか？」

「クワ！」

……おぉ……頑張って、よじ登ろうとしているよ。うんうん、やっぱりこの姿は可愛いな。

一分くらいの時間を掛けてようやくベッドの上に登ってきた子供の魔獣だが、レオとルナに遠慮しているのか、俺の太ももの上まで来ると、ピタリと止まってしまった。

「……ガウ」

「ミア」

「クワァ？」

こっちに来いとレオが口にし、遠慮しちゃダメだとルナが言う。

二匹の優しさを感じた子供の魔獣は、ゆっくりと俺の胸の方までやってきて、レオとルナの間にちょこんと座った。

「うんうん、やっぱり俺の従魔はみんな可愛いな。そうだ！　名前を決めなきゃいけないな！」

名前の話を口にすると、子供の魔獣は諸手《もろて》を挙げて喜んだ。

「ささてさて、種族は……へぇ、ギガントベアか」

確かに、大人のギガントベアは間違いなく、ギガントと呼ぶにふさわしかったな。

よし、この子の名前は…………。

「……ギーベでどうだ？」

「クワ！　クワアアアアー！」

何度も手を上げたり下げたりしており、喜んでくれているようだ。

こうしてギーベの名前も決まったところで、部屋の外から足音が近づいてきたことに気がついた。

「失礼するよ、リドル君」

「はい、ナイルさん」

「え？」

俺が起きているとは思っていなかったのか、返事を聞いたナイルさんが驚きの声を漏らした。

「…………よかった……本当によかったよ、リドル君！」

「あなた！　どうしたの！」

「お父さん！」

ナイルさんの声に続いて、ルミナさんとティナの声が聞こえてくると、三人がすぐに部屋へ飛び込んできた。

「おはようございます。ナイルさん、ルミナさん、ティナ」

「……う……うぅぅ……うわあああん！　リドルウウウゥゥ！」

「えぇっ!?　あの、ちょっと、ティナ!?」

顔を合わせた直後、急に泣き出してしまったティナを見て、俺は慌てて声を掛けた。

だが、すぐに泣き止むことはなく、どうしたらいいのかと慌てふためいてしまう。

「だって！　もう目を覚まさないかと、思って………ぶえええええええん!!」

「お、落ち着いてよ、ティナ！　ほら、俺は元気だから！　ほらほら！」

ベッドの上で体を起こした俺は、腕をぐるぐると回してアピールする。

しばらくしてようやく落ち着いたのか、ティナはまだ軽く涙を流しているものの、泣きじゃくるということはしなくなった。

「本当に、よかったよぅ」

「あはは……あの、ナイルさん。俺ってどれだけ寝ていたんですか？」

これだけ心配されていたということは、かなりの間寝ていたと容易に想像がつく。

そう思い聞いてみると、ナイルさんは心配そうな表情で口を開く。

「七日間、リドル君は眠り続けていたんだよ」

「……え？　な、七日間も、寝ていたんですか？」

長くても三日くらいだと思っていたのだが、まさか七日間も眠り続けていたとは、完全に予想外だった。

「おそらくは魔力枯渇《まりょくこかつ》による症状だと思われる」

「魔力枯渇、ですか？」

聞き覚えのない言葉に、俺は問い返しながら首を傾げてしまう。

「魔獣をテイムするのに、魔力は必要不可欠と言われている。そして、従魔が力を発揮するには、主であるテイマーの魔力量が大いにかかわってくるんだ」

「……そうなんですね、知らなかったです」

テイマーでありながら、テイマースキルのことをあまり分かっていないことを改めて自覚し、俺はレオやルナに申し訳なくなってしまう。

ということは、ギガントベアと戦った時のレオとルナの変化は、俺の魔力を使った結果ということなのだろうか。

「ぐすっ！　ねえ、リドル！」

「なんだい、ティナ？」

レオとルナのことで深く考え込もうとした直前、ティナから声が掛かった。

「もう動ける？」

「……え？　ど、どうかな？」

七日間も寝ていたので正直分からないけど、ここで無理だと言ったらまた泣き出しそうな雰囲気だったので、とりあえず試してみる。

レオとルナ、ギーベをベッドの横に移動させる。

そしてそのまま立ち上がり屈伸《くっしん》をしてみた。

「む、無理はしないでくれよ、リドル君」

「七日間も寝ていたんだものね」

ナイルさんとルミナさんは心配そうに俺を見ている。

それはそうだ。俺だって無理だろうなと思いながら屈伸してみたのだが――

「……ぜんっぜん大丈夫でした！」

「「嘘!?」」

不思議なもので、七日間も寝たきりだったはずなのに、何度屈伸をしても疲れを感じないくらいに元気いっぱいだ。

そんな俺を見たティナが笑みを浮かべた。

「やった！　それじゃあ村を散歩しようよ！」

「散歩？」

「うん！　みんなもリドルに会いたがってるよ！」

そういえば、この場にはグースやゴンコやミニゴレたちがいない。コーワンさんやアニータさんにも無事を知らせてあげたい。

「そうだね。行こうか、ティナ！」

「うん！」

「無理は禁物だからね、リドル君」

「気をつけていってらっしゃい」

ナイルさんとルミナさんは、心配しつつも穏やかな口調でそう言ってくれた。

俺は胸を張って答える。

「大丈夫ですよ。だって、レオとルナがいますから」

「ガウガウ！」

「ミーミー！」

「クワァ？」

「うーん、ギーベは俺の背中にくっついておくか？」

「クワ！」

ガシッと洋服を掴まれた感覚があったところで、歩き出す。

「いってきます！　ナイルさん、ルミナさん！」

「いってきまーす！」

「「いってらっしゃい！」」

こうして俺は、ティナに連れられて村の散歩をすることになった。

ナイルさんの屋敷を出た俺は、すぐにコーワンさんと顔を合わせた。

「おぉ！　リドルじゃねぇか！　目を覚ましたんだな！」

「コーワンさん！　どうして玄関の前に？」

ナイルさんに用事でもあるのだろうかと思ったのだが、俺の疑問に答えてくれたのは隣にいたティナだった。

「コーワンさん、毎日リドルのお見舞いに来てくれてたんだよ！」

「えぇ！　毎日！」

「おい、ティナ！　……恥ずかしいから、んなこと言うんじゃねぇよ！」

コーワンさんはティナの方へ近づき、小声になって話をしていたのだが、こっちまで丸聞こえだ。

「ありがとうございます、コーワンさん」

「……あー、いや。その、なんだ。リドルには本当に助けられたからな。できることはなかったけど、感謝を示すには、これくらいしか思い浮かばなかったんだよ」

恥ずかしそうに視線を別の方に向け、頭をガシガシと掻きながら口にしてくれたコーワンさん。

その後、改めて俺の体を見つめてくる。

「しかし、もう動いて大丈夫なのか？」

「はい。不思議なんですけど、めちゃくちゃ元気なんですよ！」

「そうなのか？　それならよかったぜ！」

俺が力こぶを作って見せると、コーワンさんは嬉しそうに笑った。

そして、ふと思い出したことを聞いてみる。

「……あの、ラグ君は大丈夫でしたか？」

ラグ君と最後に顔を合わせた時、彼の言葉を無視して魔の森へ向かった感じになってしまった。

それにコーワンさんとも喧嘩していたようだし、少し心配だ。

「あー……あいつも連れてきたかったんだがな。どうも申し訳ないのか、恥ずかしいのか、頑として動こうとしねぇんだよ」

「そうなんですか？　……でも、無事だったならよかったです」

仲直りできればと思っていたのだが、まだまだ難しいようだ。

「もう！　ラグ君は頑固なんだよ！」

「がははは！　これじゃあ、あいつもまだまだだな！」

……まだまだとは、どういうことだろうか？　仲直りに、ということかな？

「それはそうと、今からデートってか？」

「……デート？」

コーワンさんの言葉に、俺は首を傾げながらそう口にした。

すると横からティナが大声を上げる。

「ち、違うよ！　リ、リドルが目を覚ましたから、みんなに挨拶しに行くんだよ！　もう、変なこと言わないで、コーワンさん！」

「そうだったのか？　がははは！　それはすまんな！」

大笑いのコーワンさんに、どこか恥ずかしそうにしているティナ。

……いやいや、ないない。俺みたいなどこの馬の骨とも分からない奴とデートとか、面白くもないだろう。

そもそも、女性とデートなんて、生まれてから今日までしたことがない。それも、前世から数えてである。

「そんじゃまあ、邪魔者は失礼するとしますかね」

「コーワンさん！」

「がははは！　それじゃあな、リドル、ティナ！」

再びティナに怒鳴られたコーワンさんは、楽しそうに笑いながらナイルさんの屋敷に入っていく。

なんだ、やっぱりナイルさんに用事があったんじゃないか。

「全く、コーワンさんったら！」

「まあまあ、ティナ。コーワンさんにも元気な姿を見せられてよかったし、次に行こうか」

俺が笑顔でそう口にすると、ぷくっと頬を膨らませていたティナも笑顔となった。

改めて、そのまま散歩へ繰り出していく。

すれ違う村人からは感謝の言葉だけでなく、俺の無事を喜ぶ声も多くもらった。

出会った人とは軽く雑談しつつ、しばらく歩いたところで、声が聞こえてくる。

「あら！　リドル君じゃないの！　きゃあ！　ティナちゃんもいるじゃない！」

「「アニータさん！」」

手を振りながらやってきたのは、アニータさんだった。

俺は彼女を見つめて口を開く。

「アニータさん。魔導具の開発、ありがとうございました。大活躍だったって聞きましたよ」

「ふっふー！　アニータ様に掛かれば、これくらい朝飯前よ！」

「本当にすごかったんだよ、アニータさん！」

「でへへ～。ありがとう～、ティナちゃ～ん！」

さすがはアニータさん。ティナに対してのデレデレっぷりは全くぶれることがない。

でも、このような日常も、アニータさんの魔導具があってこそなんだよな。

俺はアニータさんに感謝の意を伝える。

「何か俺にできることがあれば、なんでも言ってくださいね。まあ、できる範囲なんて限られちゃいますけど」

「あー！　それなら今度、レオとルナの抜け毛でもなんでもいいから、素材が欲しいわ！」

「ガワッ⁉」

「ギニッ⁉」

まさかの要望に、レオとルナが驚きの鳴き声を上げた。

「ど、どういうことですか？」

「だって！　二匹はアイスフェンリルとフレイムパンサーだったんでしょ？　二匹とも伝説級の魔獣なんだよ！」

「……え、伝説級の魔獣？」

俺はまさかの事実を聞き、驚きの声を上げた。

すると、アニータさんが困惑した様子で目を開く。

「……え？　まさか知らなかったの、リドル君？」

「……種族名は知っていましたけど、伝説の魔獣だったなんて話は初耳です。そもそも二匹と出会ったのもなんでもないタイミングで……」

「そうだったのね。でもまぁ、それが運命ということなのかもしれないわね」

「運命、ですか？」

「アイスフェンリルやフレイムパンサーに限らず、伝説級の魔獣は運命の相手のもとへ自ら姿を現すと言われているの。だから、レオとルナとリドル君が出会えたのは、運命だったのよ」

レオとルナと出会ってから、俺はブリード家で不遇の生活を余儀なくされ、家から追い出されることになった。

もちろん二匹との出会いに後悔は一切ない。でも今のアニータさんの言葉は、俺と二匹の出会いを肯定してくれているようで、とても嬉しかった。

俺はしゃがんでから、レオとルナの頭を撫でる。

「……俺のところに来てくれてありがとう。レオ、ルナ」

「ガウ！」

「ミー！」

撫でるだけでは足りないと言われ、俺はレオとルナを左右の腕で抱え、優しく抱きしめた。

「……それじゃあ、私は行くわね。まだまだ研究をしなくちゃだから！」

「はい！　ありがとうございます、アニータさん！」

笑顔で去っていったアニータさんにお礼を伝え、俺とティナさんは再び歩き出す。

次の目的は中央広場にある、中央公園だ。

そこには子供たちと遊んでいるグース、ゴンコ、ミニゴレたちの姿を見つけた。

「グース！　ゴンコ！　ミニゴレ、ゴレキチ、ゴレオ、ゴレミ！」

俺が名前を呼ぶと、遊びに夢中だった従魔たちが一斉にこちらを見て、一目散に駆け出してきた。

それに続いて、子供たちも近づいてくる。

「あ！　りょうしゅさまだー！」

「いっぱいおねんねしてたんでしょ？」

「おはようだね！」

一瞬にして賑やかになったことに苦笑いしつつ、俺は答える。

「そうだね、みんな、おはよう」

「モグモグ！」

「ギギギギ！」

「「「ゴゴゴゴ！」」」

「みんなも大活躍だったんだろう？　村を守ってくれて、ありがとう」

俺は従魔たちへ労いの声を掛け、しゃがんでから一匹ずつ撫でまわしていく。

すると従魔たちは嬉しそうに腕をパタパタさせたり、転がったり、頭を掻いたり、それぞれが面白いリアクションを見せてくれた。

……ふふ、やっぱり俺の従魔たち、可愛いなぁ。マジで癒し系だよ、これは。

「かわいいねー」

「レオとルナもあそうぼうよ！　ティナちゃんも！」

「あたらしいおともだちもいるー！」

「クワァ？」

子供たちは遊び足りないようで、レオとルナ、そして背中にしがみついたままのギーベにも声を掛けた。

「みんな、遊んでいくか？」

「ガウガウ！」

「ミーミー！」

「……クワ！」

「そうか、行ってこい！」

子供たちが公園へ散らばっていくと、俺はギーベを地面に下ろした。

すると、レオとルナだけではなく、グース、ゴンコ、ミニゴレたちも一緒になって子供たちの方へ連れていってくれた。

「わーい！　今日はみんなで遊べるねー！」

ティナも駆け出し、公園は一気に賑やかになる。

……従魔と子供たちが楽しそうに遊んでいる目の前の光景を、守れてよかったな。

「おい！」

そこへ背後から声が聞こえてきたので、俺はゆっくりと振り返る。

「……ラグ君」

「……お前、なんでそんなに頑張れるんだ？」

「え？」

「だって、おかしいだろう！　外から来て、子供なのに領主で、しかも死んじゃうかもしれないのに大型魔獣と戦うなんて、普通できないって！」

ラグ君の話を聞いて、俺はティナにも同じようなことを聞かれたのを思い出していた。

子供ながらに、外から来た人間が命を懸けるのがどれだけおかしなことなのか、理解しているんだろうな。

でも、ティナにも言った通り、俺にとって今回の行動は当然のことなんだ。

家族から追放され、死ぬことを前提にこの地に送り出された。普通に考えれば、この時点で俺の人生は最悪だと言えるだろう。

だけど俺にはレオとルナがいてくれた。だから楽しかった。

それだけではない。

辿り着いた地が、この村が、小型魔獣を受け入れてくれたのだ。

ならば、頑張る以外の選択肢はないではないか。

改めてそう思い、俺はティナにしたのと同じような、家族との関係をラグ君にも話す。

「——マ、マジかよ。そんなことが……」

するとラグ君は悲しそうな表情で俯いた。

俺は本心を口にする。

「でも今の俺は幸せだ」

「……なんでだよ？」

「この村に来ることができたからね。俺を、そして小型魔獣を受け入れてくれた、この村に」

そう答えた俺は視線を公園へと向ける。

楽しそうに駆け回り、飛び跳ねている従魔たち。

一緒になって笑顔を浮かべている子供たち。

こんな光景、ブリード家にいたら一生掛かっても、目にすることはできなかっただろう。

「……とう」

「ん？　なんだって？」

小さな声で何かを口にしたラグ君だったが、何を言っているのか聞こえなかった。

「……ラグ君？」

「ありがとうって言ったんだよ！　何回も言わせるな！」

顔を赤くしたラグ君から、まさかの言葉が飛び出した。

勇気を出して言ってくれたのだろう、言い終わったあとはすぐに視線を逸らしてしまう。

「……俺の方こそありがとう、ラグ君」

「それと！　俺はラグだ！　君で呼ぶな！」

「分かったよ……ありがとう、ラグ」

「……おう。それと、ごめんな……リドル」

ラグ君が初めて俺のことを名前で呼んでくれた。

そのことが嬉しく、俺は思わず満面の笑みを浮かべた。

そこへティナがラグに気づき、駆け寄ってきた。

「あ！　ラグくーん！　またリドルに悪口を言っているんだなー！」

「ち、ちげーよ！」

慌てて答えるラグに、俺は同調する。

「そうだよ、ティナ。俺たち、仲直りしたんだ」

「そ、そうだぜ！」

すると、ラグから俺の肩に腕を回してくれた。

「あー！　いいなー！　私も仲直りするー！」

「え？　二人とも、ケンカをしてたの？」

「だって！　ラグ君がリドルの悪口言うんだもん！」

ティナがそう告げると、ラグは慌てて叫ぶ。

「だから仲直りしたって！」

「えー？　本当かなー？」

「本当だって！」

ティナがジト目をラグに向けたので、彼は仲直りを強調してきた。

こんな賑やかなやり取りが俺の周りで行われているのが、とても嬉しい。

「ガウガウ！」

「ミミー！」

俺たちが話し込んでいると、レオとルナから呼ばれてしまう。

俺は大きく頷き、駆けだす。

「よし、ラグも一緒に遊ぼう！」

「おう！」

「やったー！　みんなで遊ぼうね！」

子供たちの笑顔。

それを周りで見ている大人たちの笑顔。

そして、俺の可愛い従魔たちの笑顔。

みんなの笑顔を見て、俺はこの村を守ることができて本当によかったと心底実感する。

これからもこの笑顔を絶対に守り抜く。そして今以上に豊かで、暮らしやすい村を目指すんだ！

目の前に広がる笑顔の光景は、俺の決意を新たにするには十分すぎるほど、光り輝くものだった。

◆◇◆◇幕間：ルッツの思いと噂話◇◆◇◆

魔の森へと続く道を、一つの馬車と二頭の馬が進んでいる。

馬車には乗客と御者が一人ずつ、そしてそれぞれの馬にも、武装した男女が乗っていた。

「なあ、ルッツさん。本当にこの先に村なんてあるのか？」

御者を務めていた金髪の男性――オルフェンが、荷台に乗っている客に声を掛けた。

「おい、オルフェン。ルッツ様を信用していないのか？」

そこへ大柄な茶髪の男性が口を挟む。

「そういうわけじゃねぇよ、ガズン。ただ、この先って……魔の森だろ？」

「まあ、オルフェンの言いたいことも分かるわよ」

「ミシャ、お前まで……」

ミシャと呼ばれた赤髪の女性が同意を示すと、ガズンと呼ばれた大柄な男性が呆れたように言葉を漏らした。

「まあまあ、皆さん。信じられないのも無理はありませんが、村は本当にあるのでご心配なく」

荷台の窓から顔を出して仲裁したのが、リドルの恩人でもある流れの商人、ルッツだった。

「皆さんも驚きますよ？　なんせリドル様は、常識を覆すほどの力を私に見せてくれましたから」

楽しそうにルッツがそう口にするも、ガズンたちは困惑した表情を浮かべている。

「リドル・ブリード様……。噂は耳にしましたが、小型魔獣しかテイムできないのでしょう?」

「正直、それだとどうにもなぁ……」

「大型とは言わなくても、中型の魔獣もテイムできないんですよね?」

ガズン、オルフェン、ミシャは、リドルのスキルのことを噂で耳にしており、思わず渋面《じゅうめん》になってしまった。

「おや? 皆さんもやはり、小型魔獣は使い物にならないとお思いなのですか?」

ルッツの問い掛けにオルフェンが当然といった感じで答える。

「ってか、そう思わない人の方が少ないんじゃないですか?」

「確かに、今ではそれが当然ですが、昔は授かったスキルを尊重するべきだと言われていたはずです。ガズンさんはご存じではないですか?」

そう言って、今度はルッツがガズンに問い掛けた。

「存じてはいますが、今は時代が違いますからね」

「それは、手厳しいご意見ですね」

自身のスキルと直感を信じて選んだ護衛の冒険者たちだったが、人選を間違えてしまったかと思い始めたルッツ。

しかし、その不安は次のオルフェン、ガズン、ミシャの発言ですぐに吹き飛ぶことになる。

「……とはいえ、実際に自分の目で確認するまでは、なんとも言えませんが」

「確かにその通りだな！」

「もしも小型魔獣で役に立てるんだったら、最高じゃない？　絶対可愛い従魔だろうし！」

「……そういうことでしたら、きっと驚くことになると思いますよ」

ルッツは魔の森までの護衛を、この冒険者パーティ『明星《みょうじょう》』に依頼してよかったと思い、ホッと胸を撫で下ろした。

すると、ガズン、ミシャ、オルフェンは口々に言う。

「しっかし、ルッツさんの言うことが本当だとしたら、ブリード家は何をしているんだって話にならないか？」

「本当だよね。次の当主候補の次男も、よくない噂が多かったしさ」

「上級テイムを授かったことを祝われていたが、それだけでは当主にはなれんだろう。そいつはここからが正念場になるだろうな」

彼らの言うように、今現在のブリード家の状況は少々複雑になっている。

それはリドルを追放したからではなく、主に次男のアヴィド・ブリードのせいだ。

「大型魔獣をテイムするために、冒険者ギルドで色々とやらかしているんだろう？　そんな奴がいずれ当主になるってんなら、ブリード領はお先真っ暗だな」

最後にオルフェンは貴族批判にも似た言葉を口にした。

しかし、ガズンやミシャ、ルッツも似たようなことを感じており、特に否定することはない。

ルッツはこの旅で聞いた情報を思い返す。

(アヴィド様は素行が荒く、なんでもお金や力で解決できると考えているらしいですね。しかも上級テイムを授かったことで、その思想がさらに強まったとか……ブリード領で暮らす商人仲間にだけでも、早いところ離れるよう伝えた方がいいかもしれませんね)

もとよりブリード領の評判はあまりよくなかった。離れたくないとごねる者の方が少ないだろう。

しかし、どこに行くのかと問われると、すぐには答えることができない。

(私の見立てでは、あの村はまだ大勢の人を受け入れるだけの設備が揃っていません。ですが、食糧事情をあっという間に改善させたリドル様なら、あるいは……)

ルッツは、リドルなら何か大きなことを成し遂げてくれるのではないかという、根拠のない期待を感じていた。

しかも自身のスキルである放浪の導きまで、何度も魔の森の方へ向かえと囁いてくる。

(……これは私も、流れの商人を引退し、あの村に定住する時が来たのかもしれませんね)

そんな考えが頭をよぎり、ルッツは小さく笑う。

魔の森へ向かう道中の彼の心は、どこか躍っているようだった。

処刑された第六王子は故国を捨て、
死に戻りの
隣国のギロチン皇女と復讐を誓う
サンボン
Sammbon
さあ、復讐を始めようか。

王国の第六王子ギュスターヴ。彼は敵国の皇女アビゲイルのもとに婿入りし、情報を引き出すことで自国を勝利に導き、大戦の英雄になるはずだった。だが王国に裏切られ、ギュスターヴは処刑される。『ギロチン皇女』として恐れられた、妻アビゲイルと共に……次の瞬間、ギュスターヴは再び目を覚ました。そして六年前にまで時が遡っていることに気が付く。自身を裏切った故国を叩き潰すべく、ギュスターヴはアビゲイルと手を組むことを決意した。死に戻りの第六王子と皇国一の悪女の逆襲が、今始まる！

◎Illustration：俄

◎定価：1430円（10％税込）　◎ISBN978-4-434-35348-2

この作品に対する皆様のご意見・ご感想をお待ちしております。

おハガキ・お手紙は以下の宛先にお送りください。

【宛先】

〒150-6019 東京都渋谷区恵比寿 4-20-3 恵比寿ｶﾞｰﾃﾞﾝﾌﾟﾚｲｽﾀﾜｰ 19F
（株）アルファポリス書籍感想係

メールフォームでのご意見・ご感想は右のＱＲコードから、
あるいは以下のワードで検索をかけてください。

アルファポリス　書籍の感想　検索

ご感想はこちらから

本書は Web サイト「アルファポリス」（https://www.alphapolis.co.jp/）に投稿されたものを、改題・改稿、加筆のうえ、書籍化したものです。

小型《こがた》オンリーテイマーの辺境開拓《へんきょうかいたく》スローライフ
小《ちい》さいからって何《なに》もできないわけじゃない！

渡琉兎（わたり りゅうと）

2025年 2月28日初版発行

編集－彦坂啓介・今井太一・宮田可南子
編集長－太田鉄平
発行者－梶本雄介
発行所－株式会社アルファポリス
〒150-6019 東京都渋谷区恵比寿4-20-3 恵比寿ｶﾞｰﾃﾞﾝﾌﾟﾚｲｽﾀﾜｰ19F
TEL 03-6277-1601（営業）　03-6277-1602（編集）
URL https://www.alphapolis.co.jp/
発売元－株式会社星雲社（共同出版社・流通責任出版社）
〒112-0005 東京都文京区水道1-3-30
TEL 03-3868-3275
装丁・本文イラスト－しば
装丁デザイン－AFTERGLOW
印刷－中央精版印刷株式会社

価格はカバーに表示されてあります。

落丁乱丁の場合はアルファポリスまでご連絡ください。

送料は小社負担でお取り替えします。


ISBN978-4-434-35347-5 C0093